Abstellgleis der Gefühle

Evelyn und Friedrich führen nach außen hin eine gute Ehe. Doch der Schein trügt. Friedrich ist ein Mensch, der alles und jeden in seiner Nähe unter Kontrolle haben muss. Fast schon zwanghaft und auch seine Ehefrau wird nicht davor bewahrt. Er tyrannisiert Evelyn auf eine ganz infame Art und Weise, bis diese keinen Ausweg mehr sieht und alles auf eine Karte setzt.

CONNY CELAN

Abstellgleis der Gefühle

Bibliografische Information der Deutschen Nationalbibliothek:
Die Deutsche Nationalbibliothek verzeichnet diese Publikation
in der Deutschen Nationalbibliografie; detaillierte bibliografische
Daten sind im Internet über https://portal.dnb.de/ abrufbar.

© 2020 Conny Celan
Umschlagbild:
https://unsplash.com/photos/obqkpbnt31M
Satz, Umschlaggestaltung, Herstellung und Verlag:
BoD – Books on Demand, Norderstedt

ISBN: 978-3-7526-0079-7

Inhalt

Vorwort

Hallo, Ihr Lieben!

Ich danke meinem Mann Nino, der mich in allem unterstützt hat und mir Mut gemacht hat, wenn ich mal wieder vor einem weißen Blatt saß und keine Ideen hatte.

Einen lieben Dank auch an meine Freundin Bettina, die mit einer Idee meinem Roman neue Impulse gegeben hat.

Viel Spaß beim Lesen

Conny Celan

Evelyn saß in ihrer Schaukel, die erste Anschaffung, ohne Friedrichs Gemecker oder Kommentare, die sie gestern gemacht hatte, und sah nachdenklich zu ihren Nachbarinnen Barbara und Sabine hinüber und erwiderte mit einem Winken den Gruß. Hatten sie die Geschichte geglaubt oder sie für verrückt oder, noch schlimmer, für senil gehalten, als die Freundinnen vor einigen Tagen, genauer gesagt, an dem Tag nach der Nacht, in der ihr der Arzt im Krankenhaus sein Beileid ausgesprochen hatte, weil Friedrich einen Herzinfarkt nicht überlebt hatte, bei ihr waren und sie ihnen einen kleinen Teil aus der Vergangenheit, die Zeit ihrer Ehe, erzählt hatte. Sie hatte das Bild von Friedrich ziemlich ramponiert, das hatten die betroffenen Mienen der beiden deutlich gezeigt. Es war einfach über sie gekommen, wie ein Sturm, der sich einen Weg sucht. Den Frauen Dinge zu erzählen, die ihr Leben in den letzten Jahren zu einem Alptraum hatten werden und ihre Seele völlig erkalten lassen. Sie wusste, dass sie mit ihrem Redefluss wahrscheinlich keine Meisterleistung vollbracht hatte, und die beiden waren bestimmt auch entsetzt gewesen. Am Unglückstag ihres Mannes, den sie als höflichen, hilfsbereiten und freundlichen Nachbarn kennengelernt hatten, solche ungeheuerlichen Geschichten zu erfahren. Sie konnte es ja selber kaum glauben, wie lange sie diese ganzen Demütigungen und ständigen missbilligenden Blicke ertragen hatte. Die vielen Sticheleien und Gehässigkeiten. Wie sollten dann zwei relativ fremde Frauen, die ihr zwar viel bedeuteten, aber eben nur Freundinnen waren, die Geschichte für bare Münze halten. Dabei hatte sie nur einen Bruchteil dessen preisgegeben, was sie während der Ehe mit dem einstmals geliebten Mann durchgemacht hatte. War sie wirklich dumm und blind vor fast dreißig Jahren in ein Abenteuer geschlittert, als sie Friedrich geheiratet hatte? Ein Abenteuer, das sich langsam zu einer Hölle entpuppt hatte.

Warum hatte sie nie versucht, sich durchzusetzen, sondern immer stillgehalten.

Warum hatte sie sich nie getraut, einmal etwas gegen seinen Willen zu tun?

Die Frage konnte sie ganz einfach beantworten. Friedrich hätte niemals Widerspruch geduldet. Er war ein Despot und sein Wille war Gesetz. Diese ewigen Bevormundungen und Kränkungen, die im Lauf der Zeit immer mehr wurden und langsam, aber sicher ihre Seele in eine Eisscholle verwandelt hatten. Ihm aber dafür anscheinend grausames Vergnügen bereitet hatten. Zwar nie in der Öffentlichkeit, da war er als der perfekte Ehemann aufgetreten. Auch nicht in der Schule vor den Kollegen. Hier benahm er sich ihr gegenüber ebenfalls vorbildlich. Loyal und freundlich, wie man eben mit netten Kollegen umgeht. Aber dafür zu Hause in ihren eigenen vier Wänden, wenn sie allein waren. Da kamen dann die versteckten Gehässigkeiten und Gemeinheiten zum Vorschein. Der wahre Friedrich, der sich in Gesellschaft anderer immer charmant gezeigt und sein wahres Ich hinter einer strahlenden Fassade versteckt hatte. Evelyn hatte sich niemals vorstellen können, wie viel Boshaftigkeit in einer einzelnen Person stecken konnte. Barbara und Sabine hatten sich so eine gespaltene Persönlichkeit auch nicht vorstellen können und deshalb immer fassungsloser zugehört.

Jetzt war es zu spät. Sie hatte damals als junge Frau den Weg gewählt und auch vor ein paar Tagen eine Entscheidung getroffen, die alles veränderte und ihr ein Leben in Freiheit bescherte. Jetzt musste sie nicht mehr über die Vergangenheit nachgrübeln, keine Selbstzweifel mehr hegen, die Fehler nicht mehr bei sich suchen. Sondern nach vorn schauen und überlegen, wie sie ihr neues Leben gestalten würde. Wer weiß, wie viele Jahre das Schicksal noch für sie bereithielt. Sie blickte liebevoll auf das kleine getigerte Fellbündel, auch ganz neu in ihrem Haushalt, das zufrieden in ihrem Arm schnurrte. Sie würde wahrscheinlich nicht zu schnurren anfangen, aber irgendwann auch wieder zufrieden und vielleicht auch glücklich sein. Der erste und wichtigste Schritt, der Tyrannei zu entkommen, war getan. Alles andere würde sich bestimmt von selbst finden. Außerdem sagte man doch so schön, »jeder hat eine zweite Chance verdient«.

Barbara stand mit Sabine auf dem Balkon und sah mit gemischten Gefühlen auf die gegenüberliegende Seite, den Blick direkt auf die Terrasse von Evelyn gerichtet. Auch ihre Gedanken gingen nochmal zurück zu jenem Nachmittag, als Evelyn sich alles von der Seele geredet hatte, oder besser gesagt, dieses fast schon schonungslos zu nennende Gespräch stattgefunden hatte.

»Weißt du, ich habe in den letzten Tagen immer an Evelyn denken müssen. Glaubst du, dass Friedrich wirklich so ein Ekelpaket war, der sie schikaniert hat? Man kann sich das kaum vorstellen«, begann Barbara ihre Gedanken in Worte zu fassen.

»Was mich am meisten beeindruckt, dass sie nie etwas in dieser Richtung gesagt hat, nicht mal die kleinste Andeutung. Dass wir nichts gemerkt haben, was sich da drüben abgespielt hat, fast vor unserer Nase, macht mich ganz krank. Aber was hätten wir merken sollen? So etwas ist, glaube ich, die totale Gefühlskontrolle. Vielleicht ist das auch ein Teil der Erziehung dieser Generation, sämtliche Probleme für sich zu behalten, alles andere gilt als Schwäche. Nichts nach außen dringen lassen, über allem der Mantel des Schweigens. Aber wenn du mich fragst, ein trauriges Schweigen. Wir hängen immer alles gleich an die große Glocke, müssen Probleme nicht mit uns herumschleppen. Aber vielleicht hat sie es auch nicht gewagt, es jemandem zu erzählen, aus Angst, dass er dahinterkommt.« Sabine hatte ebenfalls immer wieder über das Gespräch mit Evelyn nachgedacht. Sie glaubte der Freundin, solche Dinge erzählte man nicht einfach, wenn es nicht wirklich erlebte Tatsachen waren. So etwas erfand man nicht. Außerdem hatte Evelyn es bestimmt nicht nötig, sich so in Szene zu setzen, als Märtyrerin in die Geschichte einzugehen. Dafür war sie viel zu aufrichtig und feinfühlig, und so etwas dachte man sich auch nicht aus, damit konnte niemand beeindruckt werden. Das sagte sie auch zu Barbara.

»Ich denke schon, dass sich alles so abgespielt hat. Wahrscheinlich sind da noch viel schlimmere Schikanen vorgekommen, die sie uns verschwiegen hat.«

Barbara nickte.

»Bestimmt hast du recht. Ich muss auch immer wieder an die letzten Jahre denken. Es war doch immer spaßig, wenn wir uns zu allen möglichen Gelegenheiten getroffen haben. Kann sich ein Mensch wirklich so verstellen?«

Zurück in die Vergangenheit

Evelyn und Friedrich Erdmann waren sehr nette und angenehme Nachbarn. Immer hilfsbereit und beliebt in der Straße. Hatten für jeden ein freundliches Wort übrig. Ein reizendes älteres Ehepaar, Evelyn etwas jünger als ihr Mann, das seit mehr als dreißig Jahren verheiratet war und jetzt den wohlverdienten Ruhestand genoss. Sie waren recht wohlhabend, trotzdem immer bescheiden geblieben. Niemals aufdringlich, eher etwas zurückhaltend. Hatten gute Berufe ausgeübt und am gleichen Gymnasium gearbeitet. Evelyn war Lehrerin, die Chemie und Physik unterrichtet hatte. Friedrich Studienrat, seine Fächer Mathematik und Englisch. Er hatte sich als Betreuungslehrer für Referendare sehr beliebt gemacht, eine englische Theater AG zum Erfolg geführt und später die Schulbibliothek geleitet. Den Aufstieg zum Oberstudienrat hatte er aber trotz aller Zusatzaufgaben nie geschafft. Ein Stachel, der ihn immer wieder höllisch gepiekt hatte. Die letzte Sprosse der Leiter war für ihn anscheinend immer zu hoch gewesen, oder seine zwanghaft ehrgeizigen Pläne hatten ihn daran gehindert, den Gipfel zu stürmen. Wahrscheinlich hatte er sich selbst im Weg gestanden. Sie hatten sich während des Studiums kennengelernt. Die ganz große Liebe, wie Friedrich bei jeder Gelegenheit betonte, so lange, bis er selber daran glaubte. Evelyn hatte bei diesen Sprüchen immer nur leise gelächelt. Sie hatte sich damals ein bisschen in ihn verliebt, aber es verging einige Zeit, bis sie wirklich ein Paar wurden. Sie bewohnten ein wunderschönes Haus mit riesengroßer Terrasse, umgeben von einem gepflegten Rasen, der einem Tennisplatz alle Ehre gemacht hätte. Ein paar sorgfältig angelegte Blumenbeete, die Sommerblumen blühten jedes Jahr in einer üppigen Farbenpracht. Eine hübsche Gartenbank, passende Stühle und ein Tisch vervollständigten diese scheinbare Idylle. Aber nicht ein welkes Blättchen war zu sehen. Kein Unkraut wagte es, aus der Erde zu sprießen. Friedrich wäre ihm sofort grausam zu Leibe gerückt. Man konnte fast meinen, er sitzt mit einem Fernglas am Fenster und beobachtet alles. Beim ersten Sonnenstrahl und etwas wärmeren Temperaturen, meistens so um Ostern herum, stellte Friedrich zwei Liegestühle heraus, dicht nebeneinander, dass sich die Lehnen fast berührten. Es sah immer so aus, als sei der Abstand mit dem Maßband abgemessen. Pünktlich zum Herbstanfang verschwanden die Möbel wieder, sehr gut eingepackt, im Winterquartier. Die Nachbarn saßen zwar nicht so oft draußen, selten zusammen, meistens nur einer allein, aber es gehörte sich nun einmal, dass über die Sommerzeit Gartenmöbel auf der Terrasse standen. Dieser Ablauf wurde schon seit Jahren so zelebriert. Die Nachbarn wussten immer ganz genau, wann Frühling oder Herbstanfang war. Sie brauchten keinen Kalender, mussten nur am schönsten Garten in der Straße, und die war recht lang, vorbeigehen und schauen. Das war alles.

Aber heute war irgendetwas anders.

Irgendetwas fehlte.

Barbara kam aber nicht gleich drauf, was da auf der gegenüberliegenden Seite nicht stimmte. Sie stand auf dem Balkon ihres Hauses und sah ratlos auf die Terrasse der Erdmänner, wie sie die Nachbarn liebevoll nannte. Friedrich hatte zwar etwas säuerlich ausgesehen, als er diesen Spitznamen das erste Mal hörte, aber dann doch auch darüber geschmunzelt. Sie konnte sich noch gut an den Zeitpunkt erinnern, fast zehn Jahre her. So lange wohnte sie nämlich schon in diesem Haus. Ihre Kinder waren damals noch winzig klein gewesen. Es war seinerzeit ihre Einweihungsparty gewesen. Auch im Juli. Ein Grillfest, und sie hatten alle viel Spaß gehabt. Sabine und Gregor, die beiden anderen Nachbarn, waren fast zeitgleich ins Reihenhaus gezogen. Kein Wunder, denn die beiden Anwesen waren ja im gleichen Monat bezugsfertig geworden, und sie hatten die Fete zusammengelegt. Es wurden auch einige Flaschen Sekt geleert. Wie sich das eben so gehörte bei einem Willkommensgruß für die Nachbarn.

»Die Stühle sind weg«, murmelte sie vor sich hin, als sie endlich rausgefunden hatte, was da drüben anders war als sonst.

»Ich muss sofort Sabine fragen, ob sie was weiß.«

Barbara und Sabine bewohnten mit ihren Familien Reihenhäuser, die dem Bungalow der Erdmanns direkt gegenüberstanden. Nur durch ein schmales Rasenstück, ungefähr so breit wie ein großes Badehandtuch, getrennt.

Sabine war zu Hause. Die beiden Frauen waren am späten Vormittag eigentlich immer daheim, weil nachher Mittagessen auf dem Tisch stehen musste, wenn vier hungrige kleine Ungeheuer, genauer gesagt, ihre Kinder von der Schule nach Hause kamen. Jasmin und Benjamin waren ihre zwei, Tobias und Susi gehörten zu Sabine und Gregor.

Barbara arbeitete nur hin und wieder nachmittags im Büro ihres Mannes, er war technischer Zeichner und hatte sich gleich nach ihrer Heirat mit zwei Studienkameraden selbstständig gemacht. Sie hatte bis zu ihrem ersten Kind, ihrer Tochter, ganztags mitgearbeitet. Jetzt reichten ihr die paar Stunden, ein kleines Taschengeld konnte man schließlich immer gut gebrauchen. Sie verfügte zwar über ausreichend Haushaltsgeld und brauchte auch keine Belege oder Kassenzettel zur Abrechnung vorlegen, wie das viele Frauen tun mussten, aber es machte einfach mehr Spaß, eigenes Geld für ganz persönliche Sachen auszugeben. Sie liebte ihren Job als Hausfrau und Mutter, hatte auch genügend um die Ohren mit Haus und Garten, aber ein, zwei Tage raus aus dem Trott war interessant und ihre eigenen beruflichen Kenntnisse verkümmerten nicht völlig. Außerdem liebte sie ein bisschen Abwechslung und die Decke fiel ihr auch nicht auf dem Kopf.

Sabine war immer zu Hause. Sie ging richtig auf in ihrer Mutterrolle und war die perfekte Hausfrau und Köchin. Es kam nicht selten vor, dass sie ihr selbstgebackenen Kuchen rüberbrachte, weil sie ein neues Rezept ausprobiert hatte.

»Hast du schon gesehen, die Stühle sind weg, die Terrasse ist leer«, sprudelte Barbara los, kaum dass Sabine auf ihr Klingeln hin die Tür geöffnet hatte.

»Das kann doch nicht sein, wir haben doch erst Mitte Juli und in Urlaub wollten die zwei ja auch nicht fahren, davon hätte uns Evelyn außerdem erzählt«, erwiderte Sabine auch etwas erstaunt. Sie hatte sofort gewusst, was Barbara meinte. In der vergangenen Zeit, in der die Familien hier wohnten, waren die Terrassenmöbel noch nie außer der Reihe weggestellt worden. Das war wirklich ganz außergewöhnlich. Die beiden Frauen gingen auf Sabines Balkon und guckten sprachlos auf den leeren Platz vor Evelyns Glastür. Die Stühle waren nach wie vor verschwunden.

»Ich habe also doch nicht geträumt oder mir eingebildet, ich sehe nicht mehr gut. Da ist irgendetwas los, die Fenster sind auch noch alle zu, nichts regt sich. Jetzt ist schon fast Mittagszeit«, mutmaßte Barbara.

Normalerweise wuselte einer von den beiden um die Zeit draußen herum.

»Lass uns nachher mal rübergehen, vielleicht ist etwas passiert und wir können helfen.«

»Jetzt mal nicht gleich den Teufel an die Wand. Was soll passiert sein? Wahrscheinlich sind die Möbel vor dem Haus und werden gerade geputzt oder neu gestrichen. Mal nicht immer alles gleich in den dunkelsten Farben«, versuchte Sabine die düsteren Gedanken ihrer Freundin etwas abzuschwächen. Aber selbst glaubte sie auch nicht so recht an das, was sie sagte. Reparaturarbeiten oder neue Streicheleinheiten wurden von Friedrich ganz penibel vor dem Rausstellen erledigt und nicht mitten in der Saison.

»Nachher gehen wir rüber und werden erfahren, dass alles in Ordnung ist und unsere Sorge völlig überflüssig war.«

Nach dem Mittagessen, die Küche war wieder aufgeräumt, die Kinder, zwar unter Protest und Gejammer wie jeden Tag bei schönem Wetter, mit Hausaufgaben beschäftigt, sie durften bei Sabine lernen, sie gingen ja in die gleichen Klassen, da war gemeinsames Arbeiten sinnvoll, trafen sich Barbara und Sabine und gingen zur vorderen Eingangstür der Erdmanns. Das Auto stand in der Einfahrt, also waren die Nachbarn daheim. Auch hier bot sich dem Besucher das gleiche Bild wie im Garten. Der Wagen, fast schon ein Oldtimer, glänzte in der Nachmittagssonne. Kein noch so kleines Kieselsteinchen lag auf der Erde. Da stand auch kein Mülleimer herum, oder lehnten zwei Fahrräder an der Hauswand. Aber auch keine Terrassenmöbel, die geschrubbt wurden. Alles war perfekt und ordentlich aufgeräumt, wie immer.

Barbara klingelte und hatte auf einmal so ein ganz mulmiges Gefühl in der Magengegend. Fast so etwas wie eine böse Vorahnung. Eine Gänsehaut kroch ihr den Rücken hoch und ließ sie frösteln. Mitten im Sommer, bei sehr warmen Temperaturen. Die Freundinnen mussten einige Minuten warten, bis Evelyn die Tür öffnete. Sie war blass und trug dunkle Kleidung.

»Hallo, möchtet ihr reinkommen, ich habe gerade frischen Kaffee aufgegossen. Ich muss euch was Trauriges erzählen«, begrüßte Evelyn die Nachbarinnen. Eine Kaffeemaschine gab es in ihrem Haushalt nicht. Friedrich hatte immer die Meinung vertreten, Kaffee schmeckt frisch aufgebrüht am besten. Vielleicht stimmte das ja sogar. Das war aber für ihn nicht der Grund. Seiner Meinung nach hatte sie schließlich Zeit, ein paar Minuten in der Küche zu stehen und kochendes Wasser in den Filter zu gießen. Das war ja nun wirklich nicht zu viel verlangt, dass er guten Kaffee zu trinken bekam und nicht so eine geschmacklose Brühe aus der Maschine, bei der Wasser nicht mal gekocht hatte, sondern nur heiß wurde. Friedrich hätte am liebsten alle technischen Errungenschaften der Neuzeit aus dem Haus verbannt. Wenn die Hausfrau gut kochen konnte und die Hausarbeiten ordentlich erledigte, obendrein noch sparsam mit dem Haushaltsgeld umging, war sie eine gute Hausfrau. Aber Spülmaschine, Waschmaschine oder Staubsauger brauchte man dazu nicht unbedingt. Früher hatten die Frauen diese Dinge auch ohne technische Hilfe erledigt. Obendrein noch mehrere Kinder großgezogen, ohne den Mann damit zu belästigen. Nur vergaß er zu erwähnen, dass früher die Frauen nicht berufstätig waren und sich voll und ganz auf die Familie und Haushalt konzentrieren konnten. In der heutigen Zeit konnten sich das nicht mehr so viele Familie leisten, da war ohne ein zweites Gehalt das Geld manchmal ganz schön knapp. Aber Friedrich hatte außerdem gut reden, wenn von Haushaltsdingen gesprochen wurde. Er hatte in seinem ganzen Leben niemals den Wasserkessel aufgesetzt oder Kaffeepulver in den Filter gegeben. Das war schließlich auch Frauenarbeit. Seine geheiligte Meinung. Nur dumme Sprüche aus dem vergangenen Jahrhundert.

Ganz beunruhigt folgten Barbara und Sabine der Freundin ins Wohnzimmer. Immer noch hatte Barbara dieses merkwürdige Gefühl von Kälte, das in ihrem Innern tobte. Während Evelyn in die Küche ging, um Kaffee und Geschirr zu holen, sahen sich die Frauen um. Der Raum war schön eingerichtet. Zwar ein bisschen altmodisch und spießig, wie man jetzt so schön sagte. Mit Plüschsofa und Fransen am Schirm der Stehlampe, aber es hätte gut in ein Magazin für stilvolles Wohnen gepasst. Alles zeugte von gutem Geschmack und erlesener Eleganz. Möbel, die heute wahrscheinlich für Normalverdiener nicht mehr zu bezahlen waren. Echtes Holz, vom Schreiner nach Maß angefertigt. Kein zusammengeklebtes Spanholz, das umkippte, wenn man versehentlich dagegen kam. Kein Staubkörnchen verunstaltete die Schränke oder den wunderschönen Tisch. Kein Fusel lag auf den kostbaren Teppichen. Cremefarbene Spitzenstores und dunkelrote Übergardinen aus schwerem Samt schmückten die Fensterfront, die den Blick auf die immer noch leere Terrasse freigab. Die beiden Farben fanden sich im Polster und in den Teppichen wieder, alles harmonisch aufeinander abgestimmt. Es glänzte alles wie frisch poliert. War es bestimmt auch. Evelyn hatte selten etwas anderes in der Hand oder Schürzentasche als ein Staubtuch oder Wischlappen. Und so sah es im ganzen Haus aus. Hier unten in Wohnzimmer, Diele, Küche und Badezimmer. Genauso wie in der oberen Etage, wo Schlafzimmer, Gästezimmer, ebenso ein kleines Büro untergebracht waren. Aber hier war ja auch niemand, der etwas schmutzig machte. Keine Kinder, die in dreckigen Schuhen reinlatschten oder sich die Nasen an den frisch geputzten Fensterscheiben platt drückten. Keine Haustiere, die haarten. Diese beiden Erwachsenen zogen die Straßenschuhe noch vor der Haustür aus und tauschten die Ausgehkleidung, sobald sie im Haus waren. So war diese Generation eben noch erzogen worden.

»Was ist denn passiert, warum trägst du schwarze Kleidung?«, fragte Barbara gleich spontan, kaum dass Evelyn das Wohnzimmer betreten und ein beladenes Tablett abgestellt hatte. Sie war in solchen Dingen immer etwas direkt und kam ohne Umschweife zur Sache. War aber die Hilfsbereitschaft in Person und sofort zur Stelle, wenn sie gebraucht wurde.

»Ich musste Friedrich heute Nacht mit einem Herzinfarkt ins Krankenhaus bringen lassen. Es ging ihm gestern Abend schon nicht gut. Es war aber schon zu spät, er hat es nicht überlebt. Die Ärzte konnten nichts mehr für ihn tun«, erklärte Evelyn mit völlig gefasster Stimme. Überhaupt wirkte sie emotional fast entspannt. Gar nicht in Tränen aufgelöst oder sonst irgendwie besonders traurig. Sie unterließ es, zu erzählen, dass ihm sehr wohl hätte geholfen werden können, wenn er rechtzeitig behandelt worden wäre. Sie hatte zu spät den Krankenwagen gerufen. Mit voller Absicht. War sie deswegen eine Mörderin? Musste sie deshalb auf ewig ein schlechtes Gewissen haben? Vor dem großen Schöpfer vielleicht. Aber im Moment empfand sie gar nichts. Sie spürte eine Ruhe und innere Ausgeglichenheit. Ein Zustand, den sie sehr lange, fast schon zu lange, vermisst hatte. Hätte sie bis zum Rest ihres Lebens die ewigen Demütigungen und Kränkungen ihres Mannes erdulden sollen? Nein, nein und nochmals nein.

Hatte sie überhaupt ein Recht auf ein eigenes Leben ohne die bösartigen und gemeinen Erniedrigungen, denen sie während ihrer Ehe, also fast zeit ihres Lebens, ausgesetzt gewesen war? Diese Frage konnte sie getrost mit Ja und mit gutem Gewissen beantworten. Es war, als hätte ein Teufelchen auf ihrer Schulter gesessen und ihr zugeflüstert: »Warte noch, dann hast du für immer Ruhe.« Außerdem wären dann die Tropfen, die sie ihm immer wieder ohne sein Bemerken verabreicht hatte, überflüssig gewesen. Ein starkes Herzmedikament, das bei gesunden Menschen bei regelmäßiger Einnahme eine Herzattacke verursacht. Er selber hatte sie zu dieser Verzweiflungstat getrieben. Durch einen Zufall war sie an dieses Medikament gekommen. Eine ehemalige Kollegin, mit der sie hin und wieder Kontakt haben durfte, hatte sie gebeten, dieses Rezept einzulösen, weil sie selber im Moment Probleme mit dem Laufen hatte. Ohne zu zögern hatte Evelyn zugestimmt. Sie hatte das Rezept in einer Apotheke, wo sie keiner kannte, eingelöst und war mit dem Medikament in der Tasche mit dem Bus ziellos durch die Stadt gefahren. Sie hatte Gedanken im Kopf, die sie eigentlich nicht haben durfte. Aber ein Gedanke blieb auf einmal hängen und sie sah alles genau vor sich. Diese Arznei könnte alle ihren seelischen Qualen mit einem Schlag beenden. Sie kam zwei Stunden später zu Hause an und musste Friedrich Rede und Antwort stehen, wo sie gewesen war, was sie gemacht hatte, warum sie so spät kam. Sie versuchte es zu erklären. Es war eben ein bisschen später geworden. Bei Kaffee und Kuchen war die Zeit wie im Fluge vergangen. Tausend Rechtfertigungen. Die spanische Inquisition war wahrscheinlich ein gemütlicheres Beisammensein gewesen, im Gegensatz zu dem Theater, was Friedrich aufführte. Da war ihr Entschluss auf einmal gefasst. Sie wusste nun, was sie zu tun hatte. Die Tropfen würden ihr zu einem neuen Leben verhelfen. Ohne Gewissensbisse. Das Schicksal hatte ihr mit dem Rezept sozusagen einen Wink geschickt. Dass sie eine kriminelle Tat plante und auch durchführen würde, war ihr in dem Moment nicht wirklich klar. Sie wollte nur endlich frei sein.

Sie lagen schon im Bett, als es ihrem Gatten auf einmal schlecht ging und er über Schmerzen und Ziehen in der Herzgegend geklagt hatte. Sie war zwar sofort aufgestanden und hatte als sehr besorgte Ehefrau ihn noch aufgerichtet und ein Kissen in den Rücken gesteckt, er sollte es ja schließlich bequem haben. Die Handgriffe hatte sie mechanisch ausgeführt, ohne etwas zu fühlen. Hatte ihm auch die schweißnassen Haare aus der Stirn gestrichen, aber das war so etwas wie ihre Abschiedsgeste gewesen. Ein Gefühl hatte ihr gesagt, dass jetzt alles bald vorbei ist. Sie war im Flur am Telefon vorbeigegangen, hatte es ignoriert und sich im Bad eingeschlossen. Außerdem den Wasserhahn aufgedreht. Sie wollte sein Rufen und Stöhnen nicht hören. Sie wollte gar nichts mehr hören und sehen. Auch das blasse Gesicht mit den weit aufgerissenen Augen, das ihr im Spiegel entgegenblickte, nicht. Ihr einziger Gedanke war gewesen, dass Friedrich den Anfall nicht überleben würde, dass wenigstens dieses eine Mal ihre Gebete erhört wurden. Sie zog sich wieder an, Hose und Pulli hatte sie im Flur hängen lassen, und rief erst nach ungefähr einer Stunde den Rettungsdienst. Sie ging auch nicht mehr nach oben. Sie wollte und konnte seine vorwurfsvollen Blicke, falls er überhaupt noch bei Bewusstsein war, nicht ertragen. Außerdem hatte sie sich schon vor vielen Jahren von dem Menschen verabschiedet, den sie über eine lange Zeit, mehr als die Hälfte ihres Lebens, mit allen Sinnen und Gefühle geliebt hatte. Jetzt war eine Gleichgültigkeit an diese Stelle getreten.

Die Sanitäter kamen und er wurde ins Krankenhaus eingeliefert, schaffte es aber trotz der Geräte, an die man ihn im Notarztwagen angeschlossen hatte, nicht. Die Hilfe kam zu spät. Sie fuhr mit in die Klinik, sie wollte ganz sicher sein und nicht zu Hause auf den Anruf warten, der unweigerlich erfolgen würde. Außerdem wurde so etwas von einer Ehefrau erwartet. Es erschien ihr immer noch unwirklich, was da passiert war, was sie hatte passieren lassen. Was sie getan oder, besser gesagt, nicht getan hatte. Als der Arzt ihr im Krankenhaus seinen Tod mitteilte und mit einfühlsamen Worten sein Beileid aussprach, überkam sie eine kühle und passive Ruhe, als spräche er mit einer völlig Unbeteiligten. Aber mit gefasster Miene nahm sie die Worte auf. Sie war frei, die Tür ihres Gefängnisses hatte sich geöffnet.

Das alles konnte sie den beiden Freundinnen natürlich nicht

sagen, das war und blieb tief in ihrem Herzen verschlossen, würde niemals wieder an die Oberfläche kommen. Wie eine Schublade, bei der man den Schlüssel verloren hatte. Sie durfte auch deshalb nicht darüber sprechen, es war und blieb trotz ihres Leidens eine kriminelle Handlung und das würde mit Sicherheit mit einer langen Haftstrafe enden. Deshalb musste es für immer tief in ihrem Inneren verborgen bleiben. Jetzt war sie die trauernde, aber tapfere Witwe, die zwar ihren Mann verloren hatte, aber nicht das Liebste auf der Welt.

Barbara, die sich noch nicht gesetzt hatte, ging auf Evelyn zu und umarmte sie. Sabine nahm einfach die beiden Freundinnen in den Arm. Worte waren jetzt völlig überflüssig und nicht nötig. Sabine und Barbara hatten Tränen in den Augen. Das war ja eine ganz furchtbare Tragödie, die sich da vergangene Nacht fast vor ihren Augen abgespielt hatte. Aber auf einmal fing Evelyn an zu reden. Es sprudelte aus ihr heraus wie aus einem aufgedrehten Wasserhahn.

»Friedrich war ein Scheusal und grausamer Tyrann. Nicht von der lauten Sorte, sondern ein ganz stiller. Ich habe ihn geliebt, aber in den letzten Jahren auch immer mehr verachtet. Ich hatte keinen Respekt mehr vor ihm. Nichts konnte ich ihm recht machen. Alles wurde zensiert, fast wie bei einer chemischen Formel in Einzelteile zerlegt.« Sie sprach, ohne Luft zu holen, ihr Blick war auf die Wohnzimmertür gerichtet, so als erwartete sie jeden Moment, dass Friedrich hereinkam.

Die hat vor lauter Trauer den Verstand verloren und redet wirres Zeug, dachte Barbara und sah Evelyn nachdenklich an. Menschen reagieren ja ganz unterschiedlich in ihrem Schmerz. Friedrich hat doch alles gemacht, sogar zweimal im Jahr beim großen Hausputz mitgeholfen, obwohl in diesem Haus ein großer Hausputz niemals nötig gewesen war, hier war alles blitzblank. Hat ständig im Garten gewerkelt, war oft etwas am Streichen. Das würde ihrem Gatten Thomas nicht einmal im Traum einfallen. Das höchste der Gefühle war Rasenmähen und im Winter Schnee schippen. Der konnte einen Wischlappen nicht von einem Besen unterscheiden. Er tat auf jeden Fall so und hatte für solche Dinge sowieso zwei linke Hände. Er war Techniker und für diese einfachen Arbeiten zu überqualifiziert. Aber er würdigte die Arbeiten einer Hausfrau und redete nicht alles nieder.

Aber Evelyn redete weiter.

»Er bestimmte den Tagesablauf und sogar das Fernsehprogramm. Nur kulturelle Sendungen oder Wirtschaftsmagazine und Nachrichten wurden angeschaut. Wenn ich nicht so richtig bei der Sache war und seine Fragen nicht genau beantworten konnte, diskutierte er stundenlang mit mir über mein mangelndes Interesse an der Politik und am Weltgeschehen. Sein Abschlussargument war dann meistens, »wie hast du nur überhaupt dein Studium abgeschlossen, von nichts eine Ahnung«. Nette Spielfilme oder eine Schlagersendung waren verpönt. Im Höchstfall eine Opernaufführung, die liebte er, obwohl er davon absolut nichts verstand. Meine Garderobe suchte er aus. Ihr wisst ja selber, wie ich immer angezogen bin. Zwar teuer und von sehr guter Qualität. Es muss schließlich noch den Rest meines Lebens halten, doch ohne ein bisschen Chic, langweilig eben, wie für eine alte Frau. Außerdem kam es sehr selten vor, dass ich mir was Neues kaufen durfte. Wenn man alt ist, braucht man nicht mehr so viel, war sein Lieblingsspruch. Aber bin ich wirklich schon zu alt für ein schickes Kostüm in einer modischen Farbe oder für ein wenig Lippenstift, den mochte er nämlich auch nicht. Überhaupt keine geschminkten Frauen, den Kommentar darüber könnt ihr euch sicher selber denken. Auf keinen Fall waren es schmeichelhafte Worte. Als junge Frau hat mir dieses Verhalten außerordentlich geschmeichelt. Da war seine krankhafte Besitzgier noch in einen Mantel aus Zärtlichkeit und Charme gehüllt und ich dachte einfach, so muss die ganz große Liebe sein, die mir allein gehört. Damals wusste ich es nicht besser, hatte keine Erfahrungen mit Männern und war ziemlich blind. Ich hatte auch niemanden, dem ich was anvertrauen konnte. Meine beste Freundin hatte sich nach unserem Studium verheiratet und war weggezogen. Doch die rosarote Brille der Verliebtheit hat sich ganz schnell dunkelgrau gefärbt. Er musste alles unter zwanghafter Kontrolle haben. Der Speiseplan für die Woche wurde jeden Freitag von ihm ausgearbeitet und dann danach eingekauft. Wenn ich etwas getan habe, was ihm missfiel, ignorierte er mich tagelang und strafte mich mit kalter Verachtung und Schweigen. Wahrscheinlich hätte er mich am liebsten wie in einem Klassenzimmer in die Ecke gestellt oder mit zwei Stunden nachsitzen zur Strafarbeit verdonnert mit dem Thema, ich muss auf das hören und tun, was mein Mann will. Ich hatte oft den Gedanken, meinem Leben ein Ende zu bereiten und den ganzen Gemeinheiten zu entgehen, aber diesen Triumph wollte ich ihm dann doch nicht gönnen. Ihr könnt mich jetzt für kaltherzig halten, wenn ich in so einem Moment, wo mein Herz und meine Gedanken von Trauer erfüllt sein sollten, so etwas sage. Aber es war schon sehr, sehr lange keine schöne Zeit für mich und ich empfinde nicht so, wie es für den Verlust eines geliebten Menschen sein sollte. Eigentlich nur Gleichgültigkeit. Ich glaube, ich bin sogar dem Schicksal dankbar, dass alles vorbei ist. Er hat mir meine Seele und mein Leben gestohlen und das hole ich mir jetzt zurück.« Die letzten Worte hatte sie ganz leise, fast nur zu sich selbst, gesagt.

»Warum hast du dich nicht von ihm getrennt, das wäre doch für euch beide das Vernünftigste gewesen?«, fragte Sabine mit weit aufgerissenen Augen. Sie verstand die Welt nicht mehr. Konnte es wirklich so etwas geben, oder hatte Evelyn übertrieben? Aber Evelyn war keine Person, die solche Beschuldigungen in den Raum stellte, wenn sie nicht stimmten, und vor allem nicht in einem solchen Moment. War auch niemand, der sich in irgendeiner Form profilieren wollte. Nur eines war klar: Verstehen konnte sie das Gehörte nicht. Friedrich, der immer so charmant und höflich war, sollte so grausam gewesen sein? Ein Mensch mit Persönlichkeitsstörungen? Der zu einer einfachen Grillparty im Anzug erschienen ist, niemals ohne den Blumenstrauß für die Dame des Hauses und eine Flasche Wein für den

Gastgeber auftrat und sich mit einer netten launigen Rede für die Einladung bedankte. Der immer winkte, wenn er draußen jemanden sah. Es war nicht zu fassen. Was hatte die arme Evelyn durchmachen müssen? Wie viel Kraft hatte sie für diese zerrüttete Beziehung aufbringen müssen? Hatte sie vielleicht im Stillen doch darauf gehofft, alles wendet sich zum Guten, wird wieder so wie zu Beginn ihrer Ehe. Wahrscheinlich war das auch der Grund gewesen, dass sie nicht aufgegeben hatte. Ein Trugschluss, der sie kostbare Zeit ihres Lebens gekostet hat, vergangene Jahre, die unwiederbringlich vorbei waren. Nie mehr zurückgeholt werden konnten. Die Freundin gehörte eben einer Generation an, die vieles schweigsam erduldeten und auch nicht darüber sprachen. Einfach alles so hinnehmen und runterschlucken, wie es präsentiert wurde. Ohne sich dagegen aufzulehnen.

»Eine Trennung kam für ihn nicht in Frage. Wir lehrten doch am gleichen Gymnasium. Ich habe mehrmals gepackte Koffer im Gästezimmer stehen gehabt. Wenn er die gesehen hat, war nur sein höhnisches Lachen zu hören. Geh doch, du kommst doch nicht weit, dafür bist du nämlich viel zu feige und unbeholfen, ohne mich bringst du ja gar nichts auf die Reihe, den Satz habe ich immer noch im Ohr. Mich immer wieder und wieder niederzumachen, war vermutlich sein größtes Hobby. Am liebsten wäre ich einfach davongelaufen, habe mich aber dann doch wirklich nicht getraut. Wo hätte ich hinsollen? Ich habe nur noch eine Tante, die lebt in einem Seniorenstift. Da sie auch ziemlich wohlhabend ist, gondelt sie die meiste Zeit des Jahres durch die Welt. Für einen Neuanfang fehlten mir die Kraft und auch der Mut. Was glaubt ihr, was es für eine Schande gewesen wäre, seine sorgsam aufgebaute und gehütete Fassade wäre eingestürzt wie ein Kartenhaus. Er wurde von allen respektiert und geachtet und hätte auf jeden Fall mir die Schuld gegeben. Ich wäre auf jeden Fall die Leidtragende gewesen« erwiderte Evelyn.

»Aber es waren doch nur Kleinigkeiten, die mein Leben ein wenig fröhlicher gemacht hätten, die er aber nicht erlaubt hat. Ich hätte furchtbar gern ein Haustier gehabt. Jetzt, wo wir beide doch mehr Zeit hatten, wäre es doch schön gewesen, ein Kätzchen oder einen kleinen Hund zu haben. Ein kleines Lebewesen eben, das ein bisschen Sonnenschein in meinen grauen Alltag gebracht hätte. Tiere machen Dreck, war sein ganzer Kommentar. Aber ich denke, er wollte einfach nichts um sich haben, was ich gern gehabt hätte. Ich hätte auch gern eine Hollywoodschaukel gehabt. Die Terrasse ist ja wirklich groß genug. Es wäre doch schön gewesen, abends draußen in der Schaukel zu sitzen, bei sanfter Musik im Hintergrund und einem Glas Wein einen warmen Sommerabend ausklingen zu lassen. Aber das waren ja nur meine kindischen Phantastereien. So etwas hatten nur die Neureichen, die Angeber, die großkotzig ihren Lebensstil zur Schau stellen wollten. Damit war für ihn das Thema erledigt.« Evelyn erzählte weiter, aber es war kein Schimpfen, eher ein von der Seele reden, den ganzen Ballast ein bisschen loswerden.

Barbara und Sabine wurden immer fassungsloser. Die Tränen in den Augen waren schon lange versiegt. Nach außen hin der perfekte Ehemann, der seiner Frau jeden Wunsch von den Augen abliest und sie, beinahe symbolisch gesehen, auf Händen trägt. Aber hinter die Kulissen durfte man nicht schauen. Es war unvorstellbar, was sich da beinahe vor ihrer Haustür abgespielt hatte. Zwei völlig vergeudete Leben, Menschen aneinandergekettet aus purem Egoismus und Selbstgefälligkeit. Wie viele Seelenqualen hatte diese Frau im Verlauf der vergangenen Jahre erdulden müssen, wie viele Tränen heimlich vergossen. Es war bewundernswert, dass sie nicht an dieser Situation zerbrochen war. Die einstmals große Liebe, die Evelyn für ihren Mann empfunden hatte, hatte sich im Lauf der Zeit ins Gegenteil gewandelt. Es war außer Gleichgültigkeit nicht mehr viel übrig geblieben. Man konnte ihr das nicht einmal verübeln. Es kamen einige Dinge ans Tageslicht, die Barbara und Sabine niemals für möglich gehalten hätten

»Die Stunden in der Schule waren ganz in Ordnung, wir waren ja nicht die ganze Zeit zusammen. Da waren auch die anderen Kollegen und die Schüler. Es waren zwei Lehrerinnen, mit denen wir zu Beginn noch eine nette und private Freundschaft pflegten. Nach einem Elternabend etwas trinken gehen, ab und zu mal ein gemeinsames Mittagessen. Aber Heide und Elisabeth waren Friedrich zu selbstbewusst und emanzipiert, wie er sich ausdrückte. Das mochte er gar nicht um sich. Die beiden haben ihm nämlich auch mal Kontra gegeben, wenn er mal wieder über irgendetwas derartig schimpfte. Der Kontakt wurde dann auch von ihm langsam, aber sicher auf das Abstellgleis geschoben, sodass nur noch berufliche Gespräche übrig blieben. Wenn er mitbekam, dass ich mal allein mit der einen oder anderen Kollegin gesprochen habe, hat er sofort dazwischengefunkt und mir zu Hause einen Vortrag gehalten. Ich könnte noch eine Ewigkeit weiterreden, aber es hat mir gutgetan, endlich den seelischen Mülleimer zu leeren. Ich hoffe, ich habe euch nicht allzu sehr erschreckt mit meinen Äußerungen und ihr nehmt mir meine Offenheit nicht übel.«

»Ich hätte dem Kerl den Kragen herumgedreht, so einfach wäre der mir nicht davongekommen. Immer nur gute Miene zum bösen Spiel machen, immer nur stillhalten, wenn wieder ein Knüppel von oben kommt, kann kein Mensch lange aushalten.« Diese Worte rutschten Barbara einfach so raus. Sie wurde auch angesichts der Situation ganz verlegen.

»Tut mir leid, Evelyn, ich wollte dir nicht noch mehr wehtun, aber solche raffinierten Bösartigkeiten sind für mich einfach unvorstellbar«, sie bedauerte ihre Worte auch sofort wieder.

»Vielleicht hätte ich das auch tun sollen, wenn der Richter eine Frau gewesen wäre, hätte ich bestimmt mildernde Umstände bekommen und wäre sicherlich schon wieder in Freiheit.« Ein zaghaftes scheues Lächeln begleitete die Worte der Freundin.

Es war spät geworden. Sie hatten völlig die Zeit vergessen.

»Wenn wir dir irgendwie helfen können, sage bitte Bescheid. Es gibt jetzt bestimmt eine Menge zu erledigen.« Barbara und Sabine verabschiedeten sich mit einer herzlichen Umarmung. Sie konnten Evelyn getrost allein lassen, die tat nichts Unüberlegtes. Sie wirkte gefasst und hatte anscheinend alles im Griff.

Zumindest dem äußeren Anschein nach. Außerdem wollte sie ihre Tante Ruth, eigentlich Patentante, anrufen und wenn sie gerade mal im Land war, für eine Zeit zu sich einladen. Eine, wie sie sagte, nette und energische Person, mit der Friedrich nie so richtig hatte umgehen können. Eine Frau, die mit beiden Beinen auf dem Boden stand, eine Unmenge Geld besaß und Friedrich auch nie richtig hatte leiden können.

Barbara erzählte Thomas die Geschichte von Evelyn und Friedrich. Es war zwar schon ziemlich spät und ihr Gatte lag bereits im Bett. Aber sie konnte diese ungeheuerliche Sache nicht allein mit in den Schlaf nehmen. Sie hatte ihm ganz kurz am Nachmittag Bescheid gesagt, dass sie bei der Nachbarin war. Er konnte das Gehörte auch kaum glauben und war genauso erschüttert wie sie.
»Weißt du, ich habe gedacht, die spinnt. So etwas gibt es doch nur im Film. Aber nach allem, was sie uns erzählt hat, war der Typ ein Scheusal und Evelyn kann einem immer noch leidtun. So viel seelische Grausamkeiten kann doch ein einzelner Mensch normalerweise nicht erdulden. Es wundert mich, dass sie nicht ausgerastet ist. Ich hätte den Kerl die Treppe runtergeschubst und es wie einen Unfall aussehen lassen.« Barbara konnte sich nur mühsam wieder beruhigen. Sie wäre bestimmt irgendwann durchgedreht und mit Sicherheit auch weggegangen. Hoffentlich hat sich Evelyn nicht zu etwas hinreißen lassen, verdient hätte es er Mistkerl allemal gehabt, dachte sie und fiel nach endlosen Grübeleien endlich in einen unruhigen Schlaf.

Ähnlich war es auch bei Sabine und Gregor. Die beiden saßen noch lange bei einem Glas Wein im Wohnzimmer. Eigentlich war es ein herrlicher Abend, aber die zwei mochten nicht auf dem Balkon sitzen und auf das Haus starren, in dem so viel Leid geschehen war. Auch Gregor war bestürzt, als er vom Trauerfall und dem Schicksal der Nachbarin hörte. Aber man konnte eben nicht in einen Menschen hineinsehen und konnte sich auch ganz leicht in dem liebenswürdigsten und nettesten Menschen täuschen. Anscheinend gab es das tatsächlich; eine Person mit ganz verschiedenen Charakterseiten. Das hatte sich jetzt wieder einmal bestätigt.

Die Beerdigung verlief perfekt. Evelyn hatte alles bis ins kleinste Detail organisiert und vorbereitet. Ein Herz aus weißen Rosen schmückte den Sarg. Alle ehemaligen Kollegen nahmen Abschied von Friedrich. Außer Tante Ruth gab es keine Familienmitglieder und die war tatsächlich gekommen. Seine Eltern waren bei einem Verkehrsunfall ums Leben gekommen, als er noch ein Jugendlicher mit ungefähr fünfzehn oder sechzehn Jahren war. Anscheinend war irgendetwas mit den Bremsen gewesen, aber die Polizei hatte wohl keine Fremdeinwirkung feststellen können. Sie saß mit Evelyn, die sehr elegant gekleidet war und mit unbewegter Miene, in der ersten Reihe der kleinen Friedhofskapelle. Der Pfarrer hielt eine ergreifende Trauerrede. Nach einer Stunde war alles vorbei.

»Zum Glück hat der Pfarrer den Kerl nicht gekannt, sonst hätte er ihn in die Hölle gewünscht und mit seiner Rede nicht so übertrieben«, Tante Ruth konnte sich diesen zynischen Kommentar nicht verkneifen. Evelyn nickte nur stumm. Sie hatte das Gleiche gedacht.

Drei Tage nach diesem Ereignis standen Barbara und Sabine am Zaun und trauten ihren Augen nicht. Evelyn hatte eine Schaukel gekauft und aufstellen lassen. Sie schaukelte mit einem sanften Lächeln hin und her. In ihrem Arm hielt sie ein kleines getigertes Kätzchen und winkte ihren Freundinnen zu. Sie wirkte gelöst, wie von einer großen Last befreit, das war sogar aus dieser Entfernung deutlich zu erkennen.

»Vielleicht findet sie jetzt ein bisschen Ruhe, und ich glaube auch, dass ihr die Tante guttut. Sie hat auf jeden Fall noch jemanden zum Reden und muss nicht allein in ihrem großen Haus sitzen und grübeln« meinte Barbara, als sie die Hand zum Gruß hob.

»Die Schaukel und ein kleines Haustierchen hat sie sich ja schon angeschafft. Vergessen wird sie die Demütigungen wahrscheinlich niemals, aber vielleicht heilen ihre Wunden ja irgendwann und sie kann an die schönen Zeiten ihrer Ehe zurückdenken. Ich würde mich wirklich für sie freuen.« Sabine winkte ebenso zurück.

»Vielleicht nimmt Tante Ruth sie mit auf eine ihrer tollen Reisen. Dann hat sie von allem Abstand und lernt möglicherweise jemanden kennen, mit dem sie noch ein paar schöne Jahre verbringen kann.«

Evelyn streichelte sachte das Köpfchen der kleinen Katze. Sie war allein im Haus, Tante Ruth war ausgegangen, nur von einer wohltuenden und angenehmen Stille umgeben. Nun begann ein Abschnitt in ihrem Leben ohne Vorschriften und Tyrannei. Morgen würde sie zum Friseur gehen, einen Termin hatte sie schon im modernsten und teuersten Salon der Stadt. Anschließend hatte sie einen Streifzug durch die besten Modegeschäfte geplant. Mit dem ausgezeichneten Geschmack von Ruth und ihren eigenen Ideen würde sie sich eine komplett neue und elegante Garderobe kaufen. Vorher jedoch gnadenlos ihren Kleiderschrank plündern und alles rausschmeißen, was ihr nie gefallen hatte. Plastiksäcke hatte sie auch schon besorgt.

Dann kämen die Sachen von Friedrich an die Reihe, auch alles weg. Aber die Krönung ihrer Entrümpelungsaktion würde der Kauf einer neuen Kücheneinrichtung sein. Sie hatte schon einige Prospekte durchgesehen. Eine supermoderne Küche mit allen möglichen elektrischen Geräten, angefangen bei einem Kaffeevollautomat. Darauf freute sie sich am allermeisten. Geld genug hatte sie zur Verfügung. Die Lebensversicherung, von der sie gar keine Ahnung gehabt hatte, würde einiges einbringen. Beim Durchsehen einiger Akten, die auf Friedrichs Schreibtisch lagen, hatte sie die Police entdeckt und war höchst erstaunt gewesen über den hohen Betrag, der zu ihren Gunsten eingetragen war. Das hätte sie Friedrich niemals zugetraut. Die Witwenrente war auch nicht zu verachten. Außerdem hatte sie ein üppiges Sparbuch, über das sie verfügen konnte. Sie hatte nur eine Sterbeurkunde vorlegen müssen, denn das Sparbuch lautete auf ihrer beider Namen. Es gab keinerlei Probleme, als sie gestern einen ziemlich hohen Betrag abgehoben und auf ihr Girokonto einbezahlt hatte. Der Bankmanager hatte ihr persönlich sein Beileid ausgesprochen und jegliche Hilfe angeboten. Außerdem würde sie die alte Karre von Auto verkaufen. Sie hatte auch daran gedacht, eine schöne Reise, vielleicht eine Kreuzfahrt, zu buchen. Ihre Patentante würde sie auf jeden Fall begleiten. Die war schließlich auf diesen riesengroßen Kreuzern zu Hause. Sie hatte sich einiges vorgenommen, was sie ändern wollte. Es war schneller überlegt, was bleiben würde. Nämlich nichts.

Wie alles begann

Aber mitten in ihrer gedanklichen Planungsreise hielt sie augenblicklich inne. Sie dachte zurück an die erste Zeit ihrer Ehe mit Friedrich, an ihr Kennenlernen. Sie schloss die Augen und war plötzlich wieder das junge Mädchen, das mit ihrer Freundin am Arm, einen Stapel Bücher unter dem Arm, die große Treppe vor dem Portal der Universität hinaufging, als den beiden jungen Frauen ein gutaussehender Kerl entgegenkam. Sie waren auf dem Weg zu ihrer ersten Vorlesung. Das neue Semester hatte gerade begonnen. Die Hälfte des Studiums war geschafft. Sie hatten beide bisher recht gute Ergebnisse erzielt.

»Der hat es ja noch eiliger als wir, wahrscheinlich hat er was vergessen und rennt jetzt zurück in seine Bude.« Evelyn lächelte, als sie sich umdrehte und sah, wie der Bursche die Stufen förmlich runterflog.

»Das ist Friedrich aus den oberen Semestern. Der ist bald fertig und wird dann auf die armen Kinder losgelassen. Ich habe den mal auf einer Party kennengelernt. Ein arroganter und von sich überzeugter Typ. Krankhaft ehrgeizig. Will irgendwann mal Oberstudienrat an einem Gymnasium werden.« Monika mochte nicht zugeben, dass sie bei Friedrich abgeblitzt war bei dieser Party.

»Aber ein hübsches Exemplar der männlichen Gattung und große Pläne für die Zukunft sind doch auch nicht falsch.« Damit war für Evelyn dieses Thema erst einmal durch. Sie hatte im Moment keine Zeit für eine Beziehung und für eine Liebelei war sie sich einfach zu schade. Sie wollte kein Betthäschen für irgendeinen Casanova sein. Solche Affären, die es immer wieder gab, endeten meistens nur als brisanter Gesprächsstoff unter den männlichen Kollegen. Außerdem nahm ihr Studium sie sehr in Anspruch. Sie war eine ernsthafte Studentin und wollte die Universität mit Erfolg abschließen und später an einer guten Schule Chemie und Physik unterrichten. Ihr ganz geheimes Ziel war ein exklusives Internat in der Schweiz. Dafür brauchte sie die allerbesten Noten. Aber über diesen Wunsch hatte sie noch mit keinem gesprochen, nur mal ein bisschen über die Voraussetzungen für so eine Stelle in Internet recherchiert. Außerdem arbeitete sie in der Cafeteria und hatte jetzt in der Universitätsbibliothek noch stundenweise einen Aushilfsjob angenommen. Sie wollte Geld verdienen und nicht nur den Eltern auf der Tasche liegen, die schon einen Anteil der Miete sponserten und ihr auch sonst mal ab und zu was zusteckten. Oft genug stand ein gut gefüllter Korb mit Lebensmitteln für sie bereit, wenn sie zum Essen bei den Eltern war. Sie bewohnte mit Monika eine schöne geräumige Zweizimmerwohnung mit riesengroßer Wohnküche, die sie gleich als Wohnzimmer mit Essecke umfunktioniert hatten. So hatte jede der beiden einen eigenen Rückzugsort. Das Zusammenleben klappte auch bestens, sie hatten fast die gleichen Interessen. Außer dass die Freundin sich auch sehr für Jungs begeisterte, ständig verliebt war und keine Party ausließ. Ihr Studium lief eigentlich nur so nebenher mit. Ihr fehlte auch ein wenig der Ehrgeiz und die Ernsthaftigkeit. Monika war eine liebenswerte Person und gute Freundin. Sah sehr gut aus und war immer nach der neuesten Mode gekleidet. Aber das war wiederum kein Wunder, denn ihre Eltern waren Fabrikanten und hatten Kohle ohne Ende. Sie unterstützten ihre Tochter sehr großzügig. Obendrein war sie ein Einzelkind, musste mit keinem teilen. Weder Geld noch Gefühle.

Evelyn war auch ohne Geschwister aufgewachsen. Dafür aber mit einer sehr lieben Großmutter, die bis zu ihrem Tod vor einigen Monaten mit im Haus der Eltern gelebt hatte und ihr absoluter Mittelpunkt gewesen war. Sie hatte sie immer getröstet, wenn irgendetwas geschehen war. Mit ihr den ersten Liebeskummer erlebt. Gute Ratschläge für alle Lebensfragen bereitgehabt. Es tat Evelyn immer noch weh, wenn sie die kleine Wohnung betrat. Es war alles noch wie zu Omas Lebzeiten und Evelyn fühlte sich ihr hier in ihren Räumen immer noch nah. Manchmal ertappte sie sich dabei, wie sie mit ihr sprach.

Ihre Eltern waren zwar nicht arm, aber als reich konnte man sie auch nicht bezeichnen. Deshalb war es für sie äußerst wichtig, ihr Studium ernst zu nehmen und auch etwas Geld nebenher zu verdienen.

Es vergingen einige Wochen, Evelyn dachte gar nicht mehr an den Zusammenstoß mit Friedrich, als er ihr wieder über den Weg lief. Sie hatte gerade ihre Nachmittagsarbeit in der Bücherei begonnen und war dabei, Bücher in die Regale zu sortieren. Sie musste dabei hin und wieder auf einer Leiter, die man hin- und herschieben konnte, herumturnen. Was nicht so einfach war mit einem Arm voller dicker Wälzer. Friedrich stieß in dem ziemlich schmalen Gang gegen das Fahrgestell. Sie war völlig überrascht und ließ prompt das letzte Buch fallen. Wie das Schicksal so spielt, knallte ein Roman mit ungefähr fünfzehnhundert Seiten von Tolstoi auf seinen Kopf.

»Kannst du nicht aufpassen? Hast du die Leiter nicht gesehen? Fast wäre ich runtergefallen«, Evelyn sah erst jetzt, wer den Zusammenstoß verursacht hatte, und war mehr verärgert als erschrocken. Friedrich sah sie etwas erstaunt an und rieb sich den Kopf. Er hatte tatsächlich die Leiter nicht bemerkt, auch nicht, dass jemand draufstand, war völlig in Gedanken auf der Suche nach einem Fachbuch gegen das Hindernis gestoßen.

»Es tut mit leid, ich habe nicht aufgepasst. Aber dafür habe ich jetzt bestimmt eine riesengroße Beule.« Seine Worte klangen aufrichtig und sein Gesicht war ein wenig schmerzverzerrt.

»Mein Name ist übrigens Friedrich Erdmann, wir haben uns ja neulich mal flüchtig auf der Treppe gesehen.«

»Freut mich, Evelyn Stein.« Sie reichte ihm die Hand, nachdem er das Buch, das beim Abrutschen auf seinem Kopf Zwischenstation gemacht hatte, vom Boden aufgehoben hatte. Das war ihr erstes richtiges Zusammentreffen, zwar unter merkwürdigen Umständen, aber egal. Evelyn fand den Burschen sehr attraktiv und gutaussehend. Ein großer schlanker Mann, dunkelhaarig und braune Augen. Ein durchtrainierter Körper, was sie durch das knapp sitzende Shirt genau sehen konnte, und sie hatte wirklich genau hingesehen. Wahrscheinlich macht der viel Sport, dachte sie beim Betrachten. War aber jetzt nicht wirklich so beeindruckt, dass ihr Herz raste oder sich ihr Pulsschlag verdoppelte. Sie hatte auch keine Schmetterlinge im Bauch. Was ihr gut gefiel, war seine angenehme Stimme.

»Ich muss wieder an die Arbeit, es warten noch eine ganze Menge Bücher auf mich.« Mit diesen Worten quetschte sie sich an Friedrich vorbei, der ihr mit erstaunter Miene hinterhersah. Er war deshalb erstaunt, weil ihm noch nie passiert war, dass ein Mädchen ihn nicht anhimmelte oder sich gleich verabreden wollte. Normalerweise schaffen die doch mit allen Tricks. Die Kleine haute ihm erst einen dicken Wälzer auf den Schädel und verschwand dann. Ignorierte ihn einfach. Aber er würde der Sache nachgehen, denn sie war außerordentlich hübsch und entsprach genau seiner Vorstellung. Nur jetzt hatte er keine Zeit für einen Flirt. Es stand eine wichtige Klausur an, für die er sich gründlich vorbereiten wollte. Irgendwann demnächst würde er wiederkommen und Evelyn näher kennenlernen. Bücher waren dafür der ideale Gesprächsstoff. Dass die Kleine bei nächster Gelegenheit mit ihm ausgehen würde, davon war er sehr überzeugt. Bisher hatte es mit jedem Mädchen, das er haben wollte, funktioniert.

Das war die erste Episode
mit Evelyn und Friedrich

Das nächste Treffen der beiden jungen Leute war dann doch etwas romantischer und gefühlsbetonter als in der Universitätsbibliothek und nahm einen Verlauf, mit dem keiner so schnell gerechnet hätte. Eigentlich so, wie es Evelyn niemals für möglich gehalten hätte.

Jedes Jahr Ende Oktober, um genau zu sein, an Halloween, diesem verrückten Tag, der in Deutschland seit einigen Jahren in Mode gekommen war und gefeiert wurde, an dem sich alle kostümierten und in wilde Monster verwandelten, Kinder von Haus zu Haus zogen und Geld oder Süßigkeiten bekamen, veranstalteten die Studenten eine große Party. Der Zeitpunkt war gut gewählt, alle jungen Leute waren noch da. Früher hatten sie versucht, einen vorgezogenen Weihnachtsball auf die Beine zu stellen, aber das hatte sich als etwas schwierig erwiesen. Die meisten der Kommilitonen fuhren in den Ferien nach Hause oder waren sonst irgendwie verhindert und es sollten doch möglichst viele mitfeiern. Es wurde Geld gesammelt und dann eingekauft. Meistens steuerten die Mitarbeiter aus der Mensa auch noch was bei. Alkohol war nur in ganz begrenzter Menge erlaubt, die Schulleitung wollte keine betrunkenen oder grölenden und torkelnden jungen Leute in den Klassenzimmern verschwinden sehen oder sonst wo im Gebäude aufsammeln. Die Uni hatte schließlich einen guten Ruf zu verlieren. Für Musik wurde auch gesorgt. Die Schule hatte ein Orchester und die Jungs und Mädels hatten wochenlang alles Mögliche geprobt.

Es war also Samstagabend und Evelyn und Monika hatten sich besonders hübsch gemacht. Evelyn hatte sich extra für diesen Anlass einen sehr schicken roten Hosenanzug mit passendem sehr knappem schwarzem Oberteil gekauft. Elegant frisiert und schön geschminkt sah sie wirklich umwerfend aus. Monika hatte ein gewagteres Outfit aus pinkfarbener Seide gewählt, das sich sehr eng um ihren Körper schmiegte und ihre weiblichen Kurven vorteilhaft zur Geltung brachte. Dazu die passenden Farben für das Make-up. Sie hatte sich mal wieder in einen Burschen verliebt, diesmal die ganz große Liebe, aber es war jedes Mal die ganz große Liebe, bis eine andere und noch größere Liebe kam, und schwebte auf Wolke sieben. Beide Mädchen strahlten wie Lichterketten am Weihnachtsbaum und freuten sich auf einen aufregenden Abend.

Die jungen Leute trudelten nach und nach ein und gegen zehn Uhr war die Aula gerammelt voll von ausgelassenen und fröhlich feiernden Studenten. Die Tische bogen sich unter den vielen Platten und Schüsseln mit köstlichen Leckereien und eine recht ansehnliche Anzahl alkoholischer Getränke hatte auf Schmugglerpfaden den Weg in den Saal gefunden. Evelyn hatte nach ein paar Tänzen und Gelächter und Herziehen über die Jungs Monika aus den Augen verloren und stand nun etwas abseits mit einem Glas Wein in der Hand und sah dem bunten Treiben amüsiert zu. Manche hatten sich wirklich verkleidet und es gab alle möglichen phantasievollen Figuren zu sehen. Auf einmal stand Friedrich vor ihr und sah mit einem Lächeln auf sie nieder. Er war doch ein ganzes Stück größer als sie.

»Hallo, schöne Evelyn, du stehst hier ganz allein. Hast du keinen Herzallerliebsten für heute Abend, denn wie Aschenputtel aus dem Märchen siehst du nicht aus. Dein Anzug ist sehr elegant und steht dir ausgezeichnet. Wie alles an dir große Klasse ist«, charmant beugte er sich über sie und hauchte einen sanften Kuss auf ihre Stirn. Evelyn fiel aus allen Wolken und war im Moment erst einmal sprachlos. Was war denn mit dem los? Die vergangenen Wochen hatte er sie fast nicht beachtet und jetzt machte er Komplimente und küsste sie sogar. Hatte der womöglich schon ein wenig zu tief ins Glas geblickt? Aber er machte eigentlich keinen angeheiterten Eindruck. Da sollte sich doch einer mit dem Kerl auskennen. Aber sie freute sich doch über die netten Schmeicheleien.

»Vielen Dank für das Kompliment, du siehst aber auch sehr gut aus. Fast wie ein Professor aus der Uni. Aber du scheinst auch keine Ballschönheit zu haben, die nur deinen Namen auf ihrer Tanzkarte stehen hat«, erwiderte Evelyn gutgelaunt. Das Flirten machte ihr genauso viel Spaß. Sie hatte ab und zu mal an Friedrich gedacht oder ihn auch hin und wieder in der Kantine gesehen, aber ohne Herzklopfen und Atemnotbeschwerden. Er war einfach immer mal wieder in ihren Blickwinkel geraten. Aber heute Abend war das irgendwie anders. Zum einen sah der Kerl wirklich fantastisch aus und zum anderen hatte sie schon zwei Gläser Wein getrunken. Mit einem Alkoholspiegel sah alles immer ganz anders aus. Vielleicht war auch die Stimmung im Saal daran schuld, die fröhliche Atmosphäre rings um sie herum. Jedenfalls hatten sich heute Nacht Schmetterlinge in ihren Bauch eingeschlichen und flogen übermütig hin und her. Aber es war ein ausgesprochen herrliches Gefühl.

»Lass uns tanzen«, sie stellte ihr Glas einfach in der Ecke auf den Boden und zog ihn übermütig auf die Tanzfläche, wo sich Paare zu heißer Beatmusik bewegten. Die Musik wechselte zu Schmusesongs und eng aneinandergeschmiegt drehten sie sich zu den gefühlvollen Klängen. Friedrich hielt seine Tanzpartnerin zärtlich im Arm, er war ein ausgezeichneter Tänzer. Evelyn hatte ihren Kopf an seine Brust gelehnt. Ihre Körper verschmolzen fast zu einer Einheit, sie schwebten beinahe über das Parkett.

»Wir holen uns was zum Trinken und suchen uns dann ein ruhiges Plätzchen, wo wir uns unterhalten können. Hier ist es doch echt laut und man versteht sein eigenes Wort nicht.« Friedrich schob Evelyn sachte zur Bar und bestellte Wein. Er reichte ihr ein Glas und zog sie sanft aus dem Raum. Wie Kinder, die bei etwas Verbotenem nicht erwischt werden dürfen, schlichen sie über die spärlich beleuchteten Flure und fanden ein Klassenzimmer, das nicht abgesperrt war.

»Hier hat wohl die Theatergruppe geprobt und ihre Requisiten vergessen. Es liegen überall Kissen und Decken auf dem Boden.« Evelyn ließ sich übermütig auf eines der großen weichen Teile fallen. Sie hatte keine Angst vor dem, was vielleicht jetzt passieren würde. Sie hatte schon kurze Beziehungen gehabt und wusste, was ein Mann von einer Frau wollte, die es auch wollte und obendrein ein wenig beschwipst war. Friedrich setzte sich ebenfalls auf das Kissen und beugte sich erneut über sie. Es wurde ein langer und zärtlicher Kuss. Die Schmetterlinge in Evelyns Bauch flatterten immer aufgeregter. Sie zog ihren Blazer aus und Friedrich fing an, ihre bloßen Schultern zu liebkosen. Das Top war wirklich nur ein Hauch von Nichts und seine Lippen wanderten vom Hals hinab zu ihren Brüsten, die fast allein den Weg aus ihrem Oberteil gefunden hatten. Sie trennte sich auch von ihrer Hose und nur Augenblicke später hatten beide nichts mehr an. Sie erkundeten gegenseitig ihre Körper, viele tausend Streicheleinheiten wurden ausgetauscht. Worte waren nicht nötig, dafür verschmolzen immer wieder ihre Lippen zu zärtlichen Küssen. Es begann eine Zeitreise bis ans Ende der Welt oder zum Regenbogen, auf jeden Fall erlebten beide einen sensationellen Höhepunkt ihrer Zärtlichkeiten. Sachte und mit viel Gefühl, nicht fordernd und hektisch. Nachdem das Atmen wieder einigermaßen gleichmäßig war, angelte Friedrich eine Decke vom Stapel, der neben ihnen aufgetürmt war, und legte sie über sie beide, es war doch ein wenig frisch. Silberner Mondschein schien in die Fenster und warf eigentümliche Schatten an die Wände. Gedämpftes Licht vom Flur ließ ihre Gesichter sanft strahlen.

»Das war die schönste Party, die ich bisher gefeiert habe. So eine aufregende und atemberaubende Nacht habe ich noch nie erlebt«, Friedrich sah lächelnd auf Evelyn, die sich in seinen Arm kuschelte.

»Mir geht es genauso«, Evelyn war immer noch ein klein wenig außer Atem und konnte nur flüstern. Aber sie war glücklich. In diesem Moment konnte sie sich nichts Schöneres vorstellen, als hier mit Friedrich unter einer etwas muffigen und kratzenden Decke zu liegen und seinen nun fast wieder normalen Herzschlag zu spüren. Es war ein unglaublich tolles Gefühl.

»Ich habe mich in dich verliebt, als ich dich zum ersten Mal gesehen habe. Aber genau weiß ich es erst, als du mir das Buch auf den Kopf geknallt hast. Wahrscheinlich wurden durch diesen Aufprall die grauen Zellen mit Liebesbotschaften gefüttert.« Friedrichs Worte klangen in Evelyns Ohren wie berauschende Musik, genau das, was sie hören wollte. In diesem Augenblick jedenfalls glaubte sie ihm auch, was er gerade gesagt hatte. Was morgen sein würde, oder in den nächsten Tagen, war im Moment nicht so wichtig, stand in den Sternen, daran wollte sie nicht denken. Jetzt zählte nur das, was eben gerade passiert war, und das war unglaublich schön gewesen. Friedrich hatte sie immer wieder ermuntert, Dinge zu tun, die sie nur aus Romanen kannte und noch nie mit einem Jungen getan hatte. Er verfügte auf jeden Fall über sehr viel Erfahrung in Liebesdingen. Dieses tolle Gefühl, was sich in ihrem Körper ausgebreitet hatte, wollte sie so lange wie möglich genießen. Im leisen Flüsterton unterhielten sich die Turteltauben, tranken ihren Wein, der mittlerweile ein wenig schal schmeckte, bis auf einmal ein heller Streifen am Himmel zu sehen war. Der neue Morgen zog auf. Sie hatten die ganze Nacht in diesem kalten Klassenzimmer unter Decken verbracht und sich immer wieder mit Zärtlichkeiten verwöhnt.

»Ich glaube, jetzt ist die Party vorbei und wir müssen sehen, wie wir hier ohne großes Aufsehen rauskommen. Ich möchte, dass unser Zusammensein noch unser Geheimnis bleibt und wir es mit keinem teilen. Du weißt ja, wie schnell dummes Gerede in Umlauf kommt. Du willst doch auch nicht, dass über uns getuschelt wird. Dazu war es viel zu schön, was wir beide heute Nacht erlebt haben.« Auf einmal war Friedrich wieder ganz professionell, die Zärtlichkeit war aus seiner Stimme verschwunden. Der Zauber der Nacht war wie weggeblasen. Er lächelte zwar, aber davon wussten seine Augen nichts. Evelyn hörte zwar die Worte, konnte sie aber noch nicht so richtig erfassen. Sie hatte auch seine Stimmungsschwankung noch nicht bemerkt. Sie schwebte zum ersten Mal in ihrem Leben im siebten Himmel.

»Natürlich will ich auch kein Gerede über uns«, sie küsste ihn sachte auf den Mund und fing an, sich wieder anzuziehen.

»Es wird ein bisschen komisch aussehen, wir noch immer in Abendgarderobe und am frühen Morgen schleichen wir uns aus dem Raum. Hoffentlich begegnet uns nicht gerade jetzt einer der Dozenten.« Friedrich war fertig angezogen.

»Und wenn schon, dann hat er bestimmt das Gleiche gemacht wie wir. Außerdem sind wir, glaube ich, schon lange volljährig.« Evelyn musste bei dieser Vorstellung kichern. Ein Professor mit verstrubbelten Haaren, verrutschter Krawatte, Lippenstift im Gesicht, ein amüsanter Gedanke. Aber unbeschadet und ungesehen konnten sie das Gebäude verlassen und nach einigen heimlichen und verstohlenen Küssen ging jeder in seine Richtung, das heißt nach Hause. Evelyn hatte nur ein paar Minuten zu laufen, aber es war doch ganz schön kalt, sie hatte ja nur ihren Blazer an, mit fast nichts darunter, der nun wirklich nicht sonderlich wärmte. Der hätte mich ruhig nach Hause begleiten können, oder sich wenigstens noch einmal umdrehen können, dachte sie ein wenig ernüchtert, als sie ihre Wohnung erreichte und mit eiskalten Händen die Tür aufschloss und leer vorfand. Monika war bestimmt bei ihrer neuen großen Liebe geblieben und hatte sich nicht wie ein Dieb in der Nacht aus dem Haus schleichen müssen. Aber das war gerade recht so, jetzt hatte sie Zeit, zu duschen und sich dann in ihr Bett zu verkriechen und von ihrer tollen Nacht zu träumen. Es war Sonntag und kein Mensch würde auf die Idee kommen, bei ihnen zu klingeln. Alle Studenten würden jetzt in ihren eigenen oder anderen Betten liegen, wie sich das eben so ergeben hatte, und ausschlafen. Wie das so üblich ist, wenn eine tolle Party vorbei war. Nach einer ausgiebigen Dusche, eingehüllt in ihren flauschigen Bademantel, kuschelte sie sich mit einem Becher heißem Kakao in ihr Bett. Evelyn wollte sich noch einmal ganz dem Zauber der vergangenen Stunden hingeben und sämtliche Details vor ihren inneren Auge aufrufen, als ihre Gedanken einen ganz anderen Sprung machten und sie die Ernüchterung wie eine kalte Dusche überfiel.

Evelyn setzte sich wie elektrisiert auf. Was war nur in sie gefahren? Alles, was sie immer abgelehnt hatte, hatte sie heute Nacht praktiziert. Sex mit einem Kommilitonen, noch dazu mit einem Burschen, der mit Sicherheit an jeder Hand zehn Mädchen haben konnte, so wie der aussah. Wahrscheinlich war sie jetzt eine neue Kerbe in seinem Bettpfosten, wie das die Cowboys mit ihren Colts gemacht hatten. Eins von vielen Abenteuern. Sein Liebesgeflüster war mit Sicherheit einstudiert. Ausgerechnet sie musste sich dem derart an den Hals schmeißen. Denn so empfand sie ihr Verhalten im Moment im hellen Tageslicht. Wie konnte sie sich so derart gehen lassen und gleich nach ein paar Küssen und Umarmungen die Kleider vom Leib reißen und mit dem Kerl schlafen. Noch dazu in einem Klassenzimmer, auf muffigen Decken. Billiger ging es ja nun wirklich nicht mehr. War tatsächlich der Alkohol daran schuld? Aber das konnte sie getrost mit Nein beantworten. Denn immerhin hatte sie nur zwei Gläser Wein getrunken. Das war keine annehmbare Entschuldigung für ihr Benehmen. Sämtliche Prinzipien hatte sie für ein paar schmeichelhafte Worte und Liebkosungen über Bord geworfen. Für einen relativ unbekannten Mann. Denn die Begegnung in der Bibliothek zählte nicht wirklich. Die gelegentlichen zufälligen Treffen in der Cafeteria konnte man auch getrost vergessen. Nachdem sie gnadenlos hart mit sich ins Gericht gegangen war, wurden ihre Gedanken wieder etwas ruhiger und sie fing an, zu überlegen. Was passiert war, konnte sie nicht mehr rückgängig machen. Aber was mochte Friedrich jetzt von ihr denken? Erlebte der so etwas häufiger und amüsierte sich über eine liebestolle Studentin? Aber auf der anderen Seite hatte der ja gleich von Liebe und Verliebtsein gesprochen. Oder war das womöglich nur seine Taktik? Gleich von Liebe zu sprechen, war wohl auch ein bisschen übertrieben. Sie würde sich ihm gegenüber auf jeden Fall erst einmal bedeckt verhalten und abwarten, was sich so entwickelte. Auf keinen Fall wollte sie sich Hals über Kopf in eine Liebesaffäre stürzen. Dazu hatte sie keine Ambitionen und außerdem auch keine Lust. Obendrein hatten sich die Schmetterlinge auch wieder beruhigt. Sie hatten weder ein neues Treffen ausgemacht noch Telefonnummern ausgetauscht. Immer noch ein wenig ärgerlich über sich selbst, aber doch etwas besänftigter, legte sie sich wieder in die Kissen und schlief nach einer Weile ein.

Friedrich hatte auch nicht weit zu seiner Studentenbude und war ausgesprochen guter Laue, man konnte fast von Hochstimmung sprechen. Sein Plan war in Erfüllung gegangen. Gleich beim ersten offiziellen Zusammentreffen hatte die Kleine angebissen. Er hatte den ganzen Abend Ausschau nach ihr gehalten und sie dann ganz allein etwas abseits stehen sehen. Das war ihm nur recht, denn sie von ihrer geschwätzigen und aufdringlichen Freundin wegzulotsen, wäre bestimmt etwas komplizierter geworden. So hatten ein paar nette Komplimente über ihr Aussehen, das hörten alle Frauen gern, und ein bisschen Tanzen ausgereicht, um sie in seine Arme zu führen. Evelyn war genau die Frau, die er brauchte. Sie sah gut aus, war eine ausgezeichnete Gesprächspartnerin, das hatte er schon bei Diskussionen, an denen sie teilgenommen hatte, festgestellt und würde bestimmt auch eine gute Hausfrau werden. Er stand kurz vor seinem Examen und hatte sich am hiesigen Gymnasium beworben, eine gute Stellung war also in Aussicht. Eine hübsche kleine Dreizimmerwohnung hatte er auch schon angeboten bekommen. Jetzt kam Evelyn ins Spiel. Er brauchte eine Frau, die ihn versorgte, er konnte schließlich nicht in einer Pension oder WG wohnen. Eine Frau, die seine Karriere unterstützte und alles Unangenehme und Unwichtige von ihm fernhielt. Er wollte letztendlich Oberstudienrat werden. Er hatte Evelyn in den vergangenen Monaten beobachtet. Wie sie in der Bibliothek sehr sorgfältig mit den Büchern umging, den anderen Studienkollegen gute Ratschläge gab und immer behilflich war. In der Kantine hatte er ihre Essgewohnheiten und Bewegungen genau studiert. Sie war wohlerzogen und verfügte über sehr gute Manieren. Außerdem ernährte sie sich bewusst, aß nicht so viel ungesundes Zeug oder stopfte Süßes in sich hinein. War höflich und bei den Dozenten wie Professoren gleichermaßen beliebt. Was ganz besonders war, sie war kein Betthäschen. Er hatte bisher noch niemals etwas in dieser Richtung von den Kollegen gehört. Genau die Frau, die er sich für die Zukunft vorstellte, die seinem Image entsprach. Dass sie selbst studierte, störte ihn im Moment noch nicht. Im Gegenteil, das besagte, dass sie intelligent war, sonst hätte sie es noch nicht so weit geschafft. Aber er würde sie so weit bringen, dass sie ihr Studium abbrach. Er brauchte keine Akademikerin als Frau. Womöglich eine, die alles besser wusste. Irgendwie würde er ihr das schon schmackhaft machen. Mit seinem Charme und seiner ausdauernden Überredungskunst würde es ihm nicht schwerfallen, sie davon zu überzeugen, dass ihr Platz an seiner Seite war und nicht bei kreischenden und unerzogenen Gören, die sowieso nichts lernen wollten. Damit würde er sich schließlich demnächst selber herumschlagen. Alles in allem gesehen war es für ihn ein erfolgreicher Abend gewesen und der Sex hatte auch Spaß gemacht. Also passten sie auch in dieser Beziehung zusammen. Er war sich seiner absolut sicher. In den nächsten Tagen würde er Evelyn einladen. Ein Kinobesuch war immer eine gute Idee und in der Dunkelheit konnte viel passieren.

Die Person seiner Überlegungen erwachte am frühen Nachmittag mit einem leichten Kater. Monika war immer noch nicht aufgetaucht. Keine Menschenseele wusste genau, in welcher Bude oder welchem Bett sie gelandet war. Aber das war Evelyn nicht unrecht, so brauchte sie noch nicht Rede und Antwort stehen, sie musste sich erst selber wohl über einiges klarwerden. Monika konnte nämlich eine richtige Nervensäge sein, wenn sie sich an einem Thema festgebissen hatte. Evelyn hatte eine Liebelei immer weit von sich geschoben, weil sie einfach nicht in der Stimmung war, sich auf einen Mann zu konzentrieren oder in einem Gefühlschaos zu versinken. Sie hatte ihr Studium und ihre Ziele. Die hatten im Moment oberste Priorität. Da war kein Platz für eine Beziehung, oder was immer aus ihrer unüberlegten und verrückten Phase der vergangenen Nacht entstehen würde. Friedrich war zwar ein super Typ und sensationeller Liebhaber mit viel Phantasie, aber trotzdem. Und heute Nachmittag, nachdem sie ihre fünf Sinne wieder vollständig beisammen und unter Kontrolle hatte, war auch die spontane Verliebtheit wieder vorbei. Sie würde weiterhin ganz normal mit ihm umgehen. Ohne zartes Erröten bis in die Haarspitzen oder sonstige Gefühlsduselei. Hoffentlich würde der Kerl das genauso sehen und keine emotionalen Forderungen an sie stellen. Die Sache war vorbei, bevor sie richtig begonnen hatte. Für sie jedenfalls. Wenn sie zum jetzigen Zeitpunkt geahnt hätte, wie ihre Zukunft nach Friedrichs Vorstellungen aussehen sollte, wäre sie vermutlich sofort und spontan ausgewandert oder mindestens in eine andere Stadt umgezogen. Aber wie das Schicksal so spielt, sollte die ganze Geschichte erst richtig losgehen. Das Karussell fing an, sich zu drehen.

Monika tauchte am frühen Abend wieder auf, war immer noch verliebt bis über beide Ohren. Die Mädchen verbrachten einen gemütlichen Abend mit lustigen Geschichten über die gestrige Party.

Die nächsten Tage passierte nicht viel. Der ganz normale Studienablauf. Vormittags Vorlesungen, nachmittags ihre Arbeit in der Cafeteria oder Bibliothek. Sie sah und hörte nichts von Friedrich. Am Samstag nach der großen Party klingelte es an der Haustür. Evelyn hatte gerade ein herrlich ausgiebiges Schaumbad genossen, Haare gewaschen und einen Handtuchturban um den Kopf gewickelt. Sie hatte den ganzen Vormittag in der Wohnung geputzt und geräumt und wollte sich jetzt eigentlich mit einem guten Buch in ihren Sessel kuscheln. Monika kam im Moment nur zum Umziehen nach Hause. Sie öffnete und draußen stand Friedrich. Den hatte sie am allerwenigsten erwartet. Er war erst gar nicht zu sehen, sein Gesicht wurde von einem überdimensionalen Blumenstrauß fast verdeckt.

»Hallo, meine Schöne, die ganze Woche habe ich auf diesen Tag gewartet.« Lächelnd trat er in den winzigen Flur und fing auch gleich an, seinen Mantel auszuziehen und aufzuhängen. Ungezwungen betrat er das Küchenwohnzimmer der beiden Mädchen und sah sich wohlwollend um. Alles war blitzsauber und aufgeräumt. Aber er hatte auch nichts anderes erwartet.

»Die Blumen sind für dich und ich möchte dich zu einem Kinobesuch einladen. Ich habe die Karten schon besorgt.« Er überreichte ihr diesen riesigen Strauß und wedelte mit zwei Karten vor ihrem Gesicht hin und her. Dann küsste er die völlig überraschte Evelyn.

Dem mangelt es wahrlich nicht an Selbstbewusstsein, der geht direkt auf sein Ziel los, dachte Evelyn. Laut sagte sie: »Hallo, ich wünsche dir auch einen schönen Tag. Die Blumen sind herrlich, aber du hättest nicht so viel Geld ausgeben brauchen. Vielen Dank für die Einladung, aber ich wollte mir heute einen schönen gemütlichen Abend gönnen. Die vergangene Woche war ziemlich hektisch. Ich hatte viel zu tun und bin auch froh, dass Monika ausgegangen ist und ich die Wohnung für mich habe. Es tut mir leid, wenn ich dich enttäusche, aber mir ist wirklich nicht nach Kino.« Sie hielt in der einen Hand die Blumen und mit der anderen versuchte sie, den Gürtel ihres Bademantels festzuhalten, der sich ein bisschen selbstständig machen wollte. Sie hatte nämlich nur Slip und BH darunter und sie wollte ihrem ungebetenen Gast erst gar keine Gelegenheit geben, auf einen ganz bestimmten Gedanken zu kommen. Danach war ihr nämlich auch nicht.

»Wenn du nicht ausgehen möchtest, bleiben wir ganz einfach hier. Ich habe nichts dagegen. Es ist zwar schade um die Kinokarten, die haben nämlich einen Haufen Geld gekostet. Aber gut, wir können es uns hier bei dir gemütlich machen. Wenn du möchtest, hole ich uns eine Flasche Wein, und später fällt uns bestimmt was Aufregendes für den restlichen Abend ein.« Diese Worte wurden von einem fast anzüglichen Augenzwinkern begleitet, was Evelyn so gar nicht gefallen wollte. Sie hatte sich wirklich auf einen Abend ganz allein gefreut und wusste nicht, wie sie Friedrich wieder loswerden sollte. Aber sie wollte auch nicht unhöflich sein.

»Ich ziehe mir schnell was an, nimm Platz. Wein habe ich hier.« Sie stellte die Blumen in eine Vase und nahm eine Flasche Wein aus dem Kühlschrank, die sie samt Öffner vor ihren ungebetenen Gast hinstellte. Dann verschwand sie in ihr Zimmer. Es kam Friedrich nicht ungelegen, dass sie allein sein würden und auch nicht ins Kino gingen. Hier in ihrer vertrauten Umgebung würde er Evelyn noch schneller von seinen Fähigkeiten als Mann und Freund überzeugen können. Er hatte ihre ablehnende Haltung sehr wohl gespürt, deshalb musste er ganz diplomatisch und mit Fingerspitzengefühl vorgehen. Jeder Tag, den er seinem Ziel näher kam, war ein gewonnener Tag und er hatte wieder Zeit, sich auf den Abschluss seines Studiums zu konzentrieren. Je eher sie an der Angel hing, desto besser.

Evelyn zog sich in aller Eile an und ging schnell mit dem Fön über die Haare. Für die große Abendtoilette war jetzt keine Zeit. Wenn sie zu lange brauchte, kam der womöglich noch auf die Idee, nach ihr zu sehen. Es reichte schon, dass er in ihrer Küche saß, in ihrem Schlafzimmer war er völlig überflüssig. Noch ein bisschen Rouge und Lippenstift, das musste genügen. Ein paar Minuten später saßen sich die jungen Leute gegenüber und nippten am Wein. Eine Unterhaltung kam nur recht zögerlich in Gang, obwohl sich Friedrich die größte Mühe gab, ein guter und witziger Entertainer zu sein. Evelyn sprang nicht darauf an und antwortete meist sehr einsilbig. Sie wollte keine privaten Dinge erzählen und den letzten Samstag, die Nacht aller Nächte, also ihr Fehltritt, wie sie es mittlerweile bei sich nannte, auch nicht aufwärmen. Irgendwie fühlte sie sich unbehaglich. Aber ihr Gegenüber tat so, als bemerke er die Zurückhaltung nicht und plauderte von allen möglichen Begebenheiten. Erst als Evelyn fast sicher war, dass Friedrich wirklich nichts im Schilde führte, taute sie etwas auf und es wurde doch noch ein vergnüglicher

Abend. Er verabschiedete sich so gegen Mitternacht, ohne ihr in irgendeiner Form zu nahe getreten zu sein. Nur mit einem Küsschen links und rechts auf die Wange. Er hatte genau gespürt, dass Evelyn noch nicht bereit war für seine Pläne. Deshalb hatte er auch immer wieder nur ganz nebensächlich Sätze fallen lassen, die seine Zukunft betrafen. Er hatte auch keinen Versuch unternommen, sie ins Bett zu bekommen. Darauf war er besonders stolz. Nicht mal die kleinste Verführung. Er hatte sich wie ein Gentleman verhalten und damit wahrscheinlich den Grundstein gelegt. Er hatte bestimmt durch seine Zurückhaltung ihr Vertrauen zurückerobert und das war schon einmal ein wichtiger Schritt. Er würde sie bekommen, davon war er ganz fest überzeugt. Bisher hatte er immer alles erreicht, was er sich vorgenommen hatte, ohne auch nur im Geringsten Rücksicht auf die Gefühle anderer zu nehmen. Er war gewohnt, sich zu nehmen, was er wollte, und wenn sich ihm jemand in den Weg stellte, gab es Maßnahmen, dieses Hindernis zu beseitigen. Auch diesmal würde es keine Probleme geben, er brauchte nur ein wenig mehr Zeit, als er ursprünglich geplant hatte.

Es wurde wieder eine recht ruhige Woche bezüglich ihrer zukünftigen Beziehung mit Friedrich, von der Evelyn allerdings noch nichts ahnte. Sie hatte ihn nur ab und zu auf dem Gelände gesehen, einmal auch in der Mensa getroffen. Aber da waren andere Studenten mit dabei und so kam keine private Unterhaltung zustande. Sie hatte sich am Samstagabend doch noch einige Gedanken gemacht über Friedrichs Zurückhaltung. Nachdem er ihr auf der Fete quasi seine große Liebe gestanden hatte, war davon nicht viel zu spüren gewesen. Sie war zwar ganz froh darüber, aber ein bisschen mehr Enthusiasmus wäre doch wünschenswert gewesen, nach dieser Nacht und seinen Worten. Er hatte nicht einmal einen Annäherungsversuch unternommen, nicht einmal den Hauch einer Verführung. Sie hätte ihn vermutlich, ganz sicher war sie sich jedoch nicht, abgewiesen. Aber ein ganz klein wenig enttäuscht war sie dann ins Bett gegangen.

Am Freitagnachmittag, Evelyn und Monika hatten sich gerade eine Tasse Kaffee und ein großes Stück Kuchen gegönnt, klingelte es an der Haustür und wieder stand Friedrich mit einem Blumenstrauß im Treppenhaus. Er ging schnurstracks in die Wohnküche und blieb verblüfft stehen, als er die Freundin sah.

»Hallo, ihr beiden, hast du ein bisschen Zeit, ich würde dir etwas zeigen, das auch für dich von Interesse sein wird.« Er wandte sich Evelyn zu und beachtete nach seinem knappen Gruß Monika nicht mehr. Mit ihrer Anwesenheit hatte er nicht gerechnet. Normalerweise ging sie freitags immer in die Stadt, wie er schon ausspioniert hatte.

»Nimm deinen Mantel und komm, es ist eine Überraschung.« Sein Ton war eine Spur zu befehlend, aber er sah Evelyn erwartungsvoll an.

»Darf ich bitte schön meinen Kaffee austrinken und aufessen? Was immer du mir zeigen willst, läuft bestimmt nicht weg und muss noch einen Moment warten. Ich habe nicht mit dir gerechnet, wir waren auch nicht verabredet. Jetzt überfällst du mich und ich soll alles stehen und liegen lassen und mit dir mitgehen. So geht das nicht. Nimm doch Platz, du kannst auch gerne eine Tasse Kaffee bekommen.« Evelyn setzte sich wieder, nachdem Friedrich abgelehnt hatte, und aß in aller Ruhe ihren Kuchen. Der hatte ihre Zurechtweisung mit hochgezogenen Augenbrauen registriert, blieb aber stumm. Es verging fast eine halbe Stunde. Evelyn hatte wirklich alles genüsslich, das heißt, ein wenig langsamer als üblich, verspeist und sich noch eine zweite Tasse Kaffee gegönnt. Sie nahm ihre Jacke und zwinkerte ihrer Mitbewohnerin zu, die etwas erstaunt blickte, und verließ gemeinsam mit Friedrich die Wohnung. Draußen stand sein Wagen. Er hielt ihr galant die Tür auf und sie fuhren los. Erst nachdem sie ein paar Minuten unterwegs waren, sprudelte Evelyn ärgerlich hervor.

»Was war denn das für ein Überfall eben? Du meinst ja nicht wohl ernsthaft, wenn du auftauchst und was von einer Überraschung faselst, muss ich alles stehen und liegen lassen und nur noch für dich parat sein, das kannst du dir gleich wieder abschminken. Mich kommandiert in meiner eigenen Wohnung niemand herum. Was soll das überhaupt für eine Überraschung sein, die für mich von Interesse sein kann? Außerdem brauchst du mir nicht ständig Blumen zu schenken. Und du hättest Monika wenigstens ordentlich begrüßen können und nicht so tun, als sei sie Luft. Sie ist schließlich meine beste Freundin und wir wohnen zusammen, falls du diese Tatsache vergessen hast. Ich habe ihr nur nichts von dir erzählt, weil du mich um Stillschweigen gebeten hast und weil es nichts zu erzählen gibt.« Evelyn war ziemlich aufgebracht. Friedrich beachtete ihre Zurechtweisung überhaupt nicht, er überhörte die Worte, die sie ihm wie Blitze an den Kopf geschleudert hatte. Jeder andere hätte sich für so ein Benehmen entschuldigt oder wäre wenigstens etwas zerknirscht gewesen, aber an Friedrich prallte die Rede einfach ab, wie Regen an einem gut imprägnierten Mantel.

»Ich habe eine Wohnung angeboten bekommen und möchte, dass du sie dir mit ansiehst. Ich würde gerne die Meinung einer Frau und meiner zukünftigen Verlobten dazu hören.« Lächelnd drehte er sich zu ihr. Evelyn blieb vor Staunen der Mund fast offen stehen. Hatte sie richtig gehört, er hatte sie eben als seine zukünftige Verlobte bezeichnet. War sie im falschen Film? Das konnte doch wohl nur ein dummer Scherz sein, den sich der Typ ausgedacht hatte. Sie hatte nie die Absicht gehabt, eine feste Beziehung mit Friedrich einzugehen. Nicht mal eine lockere, eigentlich überhaupt keine. Im einundzwanzigsten Jahrhundert heiratete kein Mensch nach nur einer gemeinsam verbrachten Nacht. Aber jetzt war sie wirklich überrascht, das war ihm mehr als gelungen. Ob es eine angenehme Überraschung war, konnte sie noch nicht so richtig einordnen.

»Seit wann bin ich deine zukünftige Verlobte? Deine Pläne, die du anscheinend schon geschmiedet hast, sind ein wenig voreilig, findest du nicht?«

Er antwortete nicht, also drehte sie ihr Gesicht demonstrativ zur Seite und blickte aus dem Fenster.

Nach ein paar Minuten Fahrzeit erreichten sie eine recht hübsche und gepflegte Wohngegend. Mehrere Zweifamilienhäuser standen in kleinen Vorgärten an der Straße. So angeordnet, dass man sich nicht in die Fenster sehen konnte. Friedrich parkte auf dem gegenüberliegenden Parkplatz und vor dem dritten Haus blieben sie stehen und er läuterte. Eine ältere Dame öffnete und lächelte sie beide nett an.

»Es freut mich, dass Sie den Termin einhalten konnten und auch Ihre Verlobte die Zeit gefunden hat, ihr neues Zuhause anzuschauen. Ihr Studenten habt ja immer so viel zu lernen.« Sie ließ die Besucher eintreten und führte sie in die obere Etage und gab Friedrich einen Schlüssel, er hatte sie als Frau Großmeier vorgestellt, die Vermieterin der Wohnung.

»Ich lasse Sie jetzt erst einmal alles in Ruhe ansehen. Sie finden mich unten, wenn Sie Fragen haben.« Sie blickte verschwörerisch von einem zum anderen und stieg nach diesen Worten die Stufen wieder runter. Friedrich schloss die Eingangstür auf und sie standen in einem winzigen Flur. Eine Tür führte ins Wohnzimmer und hier wartete die zweite Überraschung. Ein noch größerer Strauß dunkelroter Rosen prangte mitten in dem kleinen, aber niedlich und sehr geschmackvoll eingerichteten Zimmer auf einem Tisch, ebenso eine Flasche Champagner und zwei Gläser. In dem Raum befanden sich noch eine Couch und zwei Sessel, ein schöner antiker Wohnzimmerschrank und das passende Sideboard. Ein Schaukelstuhl stand vor dem Fenster, das einen Blick auf einen schönen Garten freigab. Eine Stehlampe und nochmal eine kleine Kommode, damit war das Wohnzimmer, fast schon überladen, eingerichtet. Friedrich drehte sich zu Evelyn um und nahm ihre beiden Hände. Sie hatte bis jetzt noch kein einziges Wort gesagt.

»Ich habe am Samstagabend von meiner großen Liebe zu dir gesprochen. Das waren keine leeren oder hohlen Worte, sondern die volle Wahrheit. Ich möchte den Rest meines Lebens mit dir verbringen und bitte dich, meine Frau zu werden.« Er zog ein kleines Etui aus der Tasche, öffnete es und hielt Evelyn einen wunderschönen Ring unter die Nase.

»Ich muss mich setzen, das ist wirklich die allergrößte Überraschung, die ich bisher in meinem Leben erlebt habe, und bin völlig erschlagen. Wieso willst du mich heiraten und warum stellst du mich als deine Braut vor? Ich kenne die Frau doch gar nicht. Das war ein bisschen zu voreilig. Außerdem kenne ich dich viel zu wenig, genauso wenig, wie du mich kennst. Das kommt alles ein wenig plötzlich für mich. Außerdem glaube ich dir nicht, dass dein Liebesgeflüster auf der Party ernst gemeint war. Das war einfach die Situation und wir hatten beide zu viel getrunken. Ich weiß nicht, was ich zu deinem Antrag sagen kann.« Evelyn konnte sich beim besten Willen nicht vorstellen, was dieser Kerl mit dieser Schau bezweckte. Friedrich reagierte überhaupt nicht auf ihren Einwand.

»Ich habe dir doch gerade eben erklärt, dass ich dich liebe und mit dir zusammen leben möchte. Hier in dieser Wohnung. Es ist eine schöne Wohnanlage und die Miete kann ich mir von meinem zukünftigen Gehalt gut leisten. Wir können zwar im Moment noch keine großen Sprünge machen, aber ich werde an meiner Karriere arbeiten und irgendwann, wenn ich Studienrat bin, werden wir auch ein eigenes Haus haben. Das ist dann schon aus steuerlichen Gründen von Vorteil. Es wird nicht lange dauern. Wir werden es uns hier auch schön gemütlich machen. Für uns zwei ist die Wohnung groß genug. Die Einrichtung ist sehr schön, alles angefertigt nach Maß vom Schreiner. Der Mann unserer Vermieterin hatte eine Werkstatt und hat die Möbel eigenhändig hergestellt. Hier hat vorher eine alte Dame gewohnt. Komm, schau dich doch einfach mal um.« Er ließ das kleine Päckchen wieder in seiner Tasche verschwinden und zog die etwas widerstrebende Evelyn einfach in den nächsten Raum. Das Schlafzimmer. Ein großes Bett, rechts und links davon Nachtschränkchen, ein Kleiderschrank mit passender Kommode und Spiegel darüber. Ein kleiner Hocker, mehr war nicht drin. Für mehr war aber auch kein Platz. Die Küche war genauso klein, aber wirklich gut und zweckmäßig ausgestattet. Es gab noch einen Raum, der komischerweise unmöbliert war, und ein kleines Bad.

»Hier richte ich mein Büro ein. Ich brauche schließlich Platz für meine Bücher und Unterlagen und habe dann auch meine Ruhe zum Arbeiten.« Sie gingen zurück ins Wohnzimmer.

»Also, was sagst du zu meinem Vorschlag?« Er öffnete die Flasche und schenkte die perlende Flüssigkeit in die Gläser.

Wahrscheinlich hat die Alte das alles so arrangiert, die hat sich auch schon von ihm einwickeln lassen, dachte Evelyn. Es war wirklich eine niedliche Wohnung und auch hübsch möbliert, aber sie hatte den Eindruck, dass Friedrich sie auch wie ein Möbelstück sah, das man hin und her schieben konnte. Er sprach nur von sich, von seinem Arbeitszimmer, von seiner Ruhe. Er stand für sich immer im Vordergrund, für ihn zählte nur er selber und das passte ihr kein bisschen. Sie wollte Friedrich weder heiraten, noch mit ihm hier leben. Sie wollte erst ihr Studium abschließen und ins Berufsleben einsteigen, auf eigenen Füßen stehen. Ohne Mann und sonstige Verpflichtung. Sie konnte sich aber auch nicht vorstellen, warum bei dem Kerl alles so überstürzt und schnell gehen musste. Sie hatten doch alle Zeit der Welt, um sich richtig kennenzulernen. Um zu prüfen, ob sie überhaupt zusammenpassten. Evelyn hatte da so ihre Zweifel. Außerdem behagte ihr nicht, dass Friedrich sie so überrumpelt hatte mit dieser Wohnung und seinem Gerede vom Heiraten und großer ewiger Liebe. Er tat ja gerade so, als würde in den nächsten Tagen die Welt untergehen oder der dritte Weltkrieg ausbrechen. Er konnte doch auch nicht einfach so über ihren Kopf hinweg entscheiden und planen, was sie wollte oder gut für sie war. Sie war schließlich erwachsen und konnte selber ganz gut denken und Entscheidungen treffen. Genau dies sagte sie ihm auch, nachdem sie sich gesetzt hatte. Das Glas hatte sie auf dem Tisch abgestellt. Sie wollte nichts trinken und auf keinen Fall wieder so schnell die Kontrolle verlieren und auf seinen Charme reinfallen.

»Weißt du, Friedrich, es kommt alles so plötzlich für mich. Ich kann dich nicht heiraten. Wir hatten eine tolle Nacht miteinander, aber meinst du, dass die paar Stunden schon ausreichen, um eine gemeinsame Zukunft zu planen? Eine Zukunft für das ganze Leben? Ich glaube nicht. Wir kennen uns kaum, wissen fast nichts voneinander. Ich stecke doch mitten in meinem Studium, wie du weißt, und habe für ein Hausfrauendasein, was du wahrscheinlich von deiner zukünftigen Frau erwartest, einfach keine Zeit und auch keine Lust. Mein Tag ist manchmal sowieso viel zu kurz. Die Wohnung ist wirklich sehr hübsch, aber ich fühle mich in meiner Behausung ausgesprochen wohl und möchte nicht umziehen. Es macht Spaß, mit Monika zusammenzuwohnen. Wir sind ein super Team und vertragen uns sehr gut. Ich mag dich ganz gern, aber ich bin nicht in dich verliebt und mir nicht wirklich sicher, ob das für den Rest meines Lebens reicht. Eine Ehe ohne Liebe kommt für mich nicht in Frage. Lass uns doch erst einmal eine Freundschaft beginnen, mit allem, was dazugehört. Ich glaube, du wirst hier allein einziehen müssen. Außerdem kann ich absolut nicht leiden, wenn man mich wie ein unmündiges Kind behandelt und alles über meinen Kopf hinweg entscheidet.« Sie hatte ihre Worte mit Bedacht gewählt, sie wollte Friedrich nicht kränken, aber sich auch nicht unter Druck setzen lassen. Deshalb diese kleine ironische Spitze. Sein Gesichtsausdruck spiegelte Bestürzung und auch Ärger wider. Damit hatte sie fast gerechnet.

»Aber du wirst doch über meinen Antrag und Vorschlag nachdenken. Ich weiß, dass Monika deine beste Freundin ist. Aber ich möchte nicht, dass du noch lange mit so einer, du weißt schon, was ich meine, zusammenwohnst. Ich möchte auch nicht, dass über meine zukünftige Frau geklatscht und getratscht wird. Ich muss schließlich an meine berufliche Position denken. Deine Freundin ist schon das Gespött der Jungs, weil sie ihr Höschen ziemlich schnell auszieht, und irgendetwas bleibt immer hängen.« Diese Worte waren sehr zynisch gesprochen und Evelyn erschrak über so viel Hass in seiner Stimme.

»Ich möchte jetzt nicht über Monika sprechen. Es ist ziemlich bösartig, so etwas zu behaupten. Man könnte fast meinen, du hast es auch schon probiert und bist abgeblitzt. Sie ist eine liebenswerte Person und flirtet eben gern. Aber wir sollten unsere Unterhaltung verschieben. Wie gesagt, ich möchte erst mein Studium abschließen und finanziell auf eigenen Füßen stehen, von keinem Mann abhängig sein. Da steckt so viel Arbeit drin, das soll sich nicht einfach in Luft auflösen. Ich will mir auch eine Karriere aufbauen. Ich habe da nämlich schon verschiedene Pläne.« Sie trank ein Schlückchen vom Champagner, der mittlerweile warm geworden war und schal schmeckte, und stand auf.

»Fahr mich bitte wieder heim.«

Friedrich war mit dem Ausgang dieses Unternehmens kein bisschen zufrieden und versuchte eine neue Taktik.

»Warum willst du dich mit diesem langweiligen Studium plagen? Später dann ungezogene und freche Kinder unterrichten. Es ist nicht notwendig, dass die Frau eines Studiendirektors arbeitet. Du wirst ein großes Haus führen. Wir werden bestimmt häufig Gäste haben und damit kannst du meine berufliche Laufbahn unterstützen. Ich glaube, damit wärst du voll und ganz ausgelastet. Du kannst dir ja eine ehrenamtliche Tätigkeit suchen, so ein Engagement macht immer einen guten Eindruck.« Er hatte einen einschmeichelnden Ton angeschlagen, aber Evelyn war kein bisschen beeindruckt. Im Gegenteil. Er sprach nur von sich und was gut für ihn war. Ihre Interessen und Wünsche ließ er völlig außer Acht. Überhörte er einfach. So eine Bevormundung, und als solche empfand sie seine großen Reden, passte ihr überhaupt nicht. Das hatte sie als Jugendliche schon gestört, wenn ihre Mutter für sie Entscheidungen getroffen hatte, weil sie ja am besten wusste, was für ihre Tochter gut war. Sie konnte immer noch selbstständig denken und handeln, brauchte keinen Dirigenten, der ihr Leben bestimmte und den Ton angab.

»Willst du mich heiraten, weil du mich liebst, wie du betonst, oder suchst du nur eine Frau, die dich versorgt und alles für dich und deine Karriere tut, was ich sehr stark vermute, so klingt nämlich alles, was du eben von dir gegeben hast? Dann bist bei mir an der völlig falschen Adresse. Ich möchte nicht, dass du über mein Leben bestimmst, das kann ich ganz allein. Außerdem werde ich mein Studium ganz bestimmt nicht abbrechen, warum auch, ich bin so weit gekommen und werde es auch zu Ende bringen. Ob Kinder ungezogen sind, werde ich auch selbst herausfinden. Eine ehrenamtliche Tätigkeit werde ich vielleicht auch übernehmen, aber nur, weil ich es selber will, nicht weil es vielleicht für die Gattin eines Studiendirektors, oder was auch immer, schicklich ist. Lass uns diese Diskussion beenden, wir drehen uns doch nur im Kreis und kommen heute ganz bestimmt zu keinem Ergebnis. Zumindest nicht, was du hören willst.« Sie öffnete die Wohnungstür und war ganz schnell wieder auf der Straße. Ihm blieb nichts anderes übrig, als ihr zu folgen. Das war wirklich nicht so gelaufen, wie er es geplant hatte. Er war davon ausgegangen, dass ihr die Idee mit der Hochzeit und Wohnung gefiel und vor allem schmeichelte. Freute sich nicht jede Frau über einen Antrag und einen schönen Ring. Diese blöde Kuh machte ihm einen Strich durch seine sorgfältig überlegten Pläne. Jetzt musste er sich wieder eine neue Strategie ausdenken, um sie zu überzeugen, dass es wirklich das Beste für sie war, seine Frau zu werden. Aber er hatte schon wieder eine glänzende Idee und diesmal würde es funktionieren.

Er schloss die Autotür auf und schweigend fuhren sie zurück zu Evelyns Wohnung.

»Ich werde ich anrufen, wenn ich darf«, bittend sah er sie an. Evelyn nickte mit dem Kopf und stieg aus. Er fuhr davon und sie ging nach oben. Monika war noch zu Hause, sie war einfach zu neugierig gewesen, um wegzugehen, und hatte deshalb gewartet. Sie wollte jedes noch so kleine und unbedeutende Detail dieses Auftrittes wissen. Die Freundin machte es sich auf dem Sofa bequem und erzählte ihr auch brühwarm jedes Wort. Sie fing mit der Partynacht an und endete bei der möblierten Wohnung. Gab auch zu, dass sie den Sex unglaublich und aufregend empfunden hatte, aber dass jetzt keine Schmetterlinge mehr in ihrem Bauch wilde Tänze unternahmen. Was Friedrich über Monika von sich gegeben hatte, verschwieg sie. Solch eine Gehässigkeit hätte die Freundin nur ganz furchtbar aufgebracht.

»Weißt du, Friedrich ist ja ganz nett und ich mag ihn wirklich, vielleicht wird auch mehr daraus. Aber es geht mir alles etwas zu schnell. Er will, dass ich mich voll und ganz nur auf ihn konzentriere, ein braves Hausmütterchen werde, das ihm das Abendbrot serviert und morgens sein Pausenbrot richtet. Aber so ein Leben habe ich mir weiß Gott nicht vorgestellt. Wir können doch eine ganz normale Beziehung aufbauen und dann abwarten, ob wir überhaupt zusammenpassen. Es muss doch nicht so schnell gehen, ich habe kaum Luft zum Atmen gehabt bei seinen Plänen, die er für mein Leben ausgearbeitet hat.«

»Der will dich sofort heiraten? Hat eine Wohnung gemietet, du sollst nicht mehr arbeiten, nur noch ihm den Hintern abwischen? Das ist ja wirklich krass. So ein Macho-Gehabe war ja im Mittelalter fast schon nicht mehr erlaubt. In welchem Jahrhundert lebt der eigentlich noch?« Monika war mit ihrer Wortwahl nicht besonders wählerisch, traf es aber genau auf den Punkt.

»Weißt du was, jetzt machen wir uns eine Flasche Wein auf und vergessen diesen blöden hinterwäldlerischen Typ, der soll sich doch ein Dummerchen vom Land nehmen, die ihm den Haushalt schmeißt, seine stinkenden Socken wäscht und was noch alles, zu allem Ja und Amen sagt. Wenn er lang genug sucht, findet er bestimmt so ein scheues und schreckhaftes Frauchen, man sagt ja nicht umsonst, dass jeden Tag eine Dumme aufsteht.« Evelyn musste laut lachen, aber Monika war richtig in Fahrt und lästerte über Männer im Allgemeinen und Friedrich im Besonderen. Sie ließ auch ihre neue große Liebe nicht aus, die mittlerweile zu einer kleinen Flamme abgebrannt war und in absehbarer Zukunft ganz verlöschen würde. Die beiden Mädchen waren sich in einem Punkt völlig einig, Männer waren eben doch alle gleich. Es blieb nicht bei dieser einen Flasche. Monika hatte immer einen kleinen Vorrat für ganz besondere Anlässe auf Lager, und es wurde ein ausgesprochen vergnüglicher Abend. Die Freundinnen kicherten und amüsierten sich köstlich über tausend Sachen und fielen ziemlich spät in der Nacht, völlig erschöpft vom Lachen und ein wenig beschwipst vom Wein, in ihre Betten.

Die nächsten Tage passierte nichts Spektakuläres in Evelyns Leben. Kein großer Rosenstrauß stand vor ihrer Eingangstür. Kein Ring war irgendwo versteckt. Sie brauchte auch keine neue Behausung zu begutachten. Friedrich rief lediglich zweimal an, um sich mit ihr zum Essen zu verabreden. Auch bei diesen Treffen war er sehr zurückhaltend. Sehr aufmerksam, aber sie erhielt keinen weiteren Heiratsantrag und es wurde auch nicht über ein mögliches Datum gesprochen. Evelyn war zwar ein bisschen enttäuscht über dieses reservierte Verhalten, das passte so gar nicht zu seinem Liebesgestammel von neulich, aber so war es auch gut. Sie mussten doch nichts übereilen, konnten ganz langsam einen gemeinsamen Weg finden.

Die Tage wurden immer kürzer, wie es eben in dieser Jahreszeit so üblich war, und allmählich rückte Weihnachten in greifbare Nähe, also auch die Winterferien. Evelyn wollte zu ihren Eltern ins Haus ziehen, Monika ebenfalls die Feiertage bei sich zu Hause verbringen. Die Geschenke waren besorgt und schön verpackt. Evelyn hatte auch für Friedrich einen tollen Bildband über Theaterwissenschaften gekauft. Ein Thema, was ihn sehr interessierte, und ihm das Buch zwei Tage vor Weihnachten gebracht. Er wohnte im Studentenwohnheim. Sie hatte noch nie sein Zimmer gesehen, außer der Nacht im Klassenzimmer waren sie sich nicht wieder nähergekommen, und war überrascht über die perfekte Ordnung. Es herrschte kein Chaos, wie sie eigentlich in einer Männerbude erwartet hatte. Es fehlte auch von Gemütlichkeit jede Spur. Die Art der Einrichtung passte so gar nicht zu der hübschen und behaglich ausgestatteten Wohnung, die er mieten wollte. Er war ehrlich erfreut und hatte auch für sie einen wunderschönen Kaschmirschal gekauft. Sie tranken Kaffee zusammen, er hatte sogar zwei zusammenpassende Tassen, und nach einer netten Konversation, etwa eine halbe Stunde, und guten Wünschen für die Feiertage verabschiedete sich Evelyn von ihrem zukünftigen Ehemann. Wovon sie allerdings immer noch nichts wusste. Friedrich hatte sich erneut eine Überraschung für sie ausgedacht, erwähnte aber keine Silbe davon. Diesmal würde sie auf seine Vorschläge eingehen müssen, egal was sie dagegen zu sagen hatte.

Evelyn zog wieder zu Hause ein und die Tage bis Heiligabend vergingen mit allen möglichen Vorbereitungen für das Fest wie im Flug. Es wurde eingekauft, als ob es nach Weihnachten nichts mehr gäbe, die letzten Plätzchen gebacken. Am Heiligabend stand ein wunderschön geschmückter Christbaum im Wohnzimmer. Am frühen Nachmittag hatte es auch zu schneien begonnen, sodass jetzt alles mit einer weißen Decke überzogen war. Es lag über allem ein festlicher Schein, wie sich das für das schönste Fest im Jahr gehörte.

Nach dem traditionellen Kirchgang und dem anschließenden Kartoffelsalat mit Würstchen, das wurde bei den Steins schon seit Jahren an diesem Abend gegessen, den Gänsebraten mit Knödel und Rotkohl gab es morgen, saß die Familie gemütlich beisammen, lauschte festlicher Musik im Fernsehen, als es an der Haustür klingelte.

»Erwarten wir jemand?« Ihr Vater sah fragend die beiden Frauen an. Er ging und öffnete die Tür und brachte Friedrich mit ins Wohnzimmer. Er stellte sich galant ihren Eltern vor und überreichte auch ein kleines Gastgeschenk. Evelyn war sprachlos. Sein Auftauchen hatte sie mit keinem Gedanken erwartet. Aber es sollte noch dramatischer kommen. Er stellte sich vor ihren Vater hin und sprach mit ernster Stimme.

»Entschuldigen Sie bitte, wenn ich unangemeldet einfach Ihren Weihnachtsabend störe, aber ich möchte etwas sehr Wichtiges besprechen. Herr Stein, ich möchte um die Hand Ihrer Tochter anhalten. Ich werde in den nächsten Wochen mein Studium als Lehrer abschließen und habe bereits eine Anstellung am hiesigen Gymnasium in Aussicht, mit sehr guten Chancen, wenn ich das in aller Bescheidenheit sagen darf. Ich werde dann in der Lage sein, Evelyn gut zu versorgen. Eine Wohnung ist auch schon bezugsfertig. Evelyn hat schon alles gesehen und war auch begeistert. Ich würde mich freuen, wenn Sie mich als Schwiegersohn in Ihrer Familie aufnehmen, dann können wir zu Ostern heiraten und die Osterferien für eine kleine Hochzeitsreise planen.«

»Herr Erdmann, es ehrt uns, dass Sie wie ein Gentleman der alten Schule mich um die Hand meiner Tochter bitten, aber ich glaube, dazu sollte Evelyn auch etwas sagen.« Georg Stein war selten in seinem Leben so überrascht worden, wie von den Worten dieses jungen Mannes, der sehr ehrgeizig und zielstrebig zu sein schien. Jedenfalls seinem Auftreten nach zu urteilen. Er blickte fragend zu seiner Tochter, die keinen Eindruck einer verliebten Frau machte, die eher wie versteinert auf dem Sofa saß. Es wunderte ihn auch, dass sie einen jungen Mann, den sie liebte, und davon ging er einfach mal aus, niemals erwähnt hatte. Normalerweise hatten sie ein sehr inniges Verhältnis und sie besprach fast alles mit ihren Eltern.

»Ich weiß, dass mein Antrag sehr impulsiv kommt, aber ich habe Evelyn schon vor ein paar Wochen gebeten, mich zu heiraten. Sie bat um Bedenkzeit. Aber ich glaube, in diesem festlichen Rahmen wird sie bestimmt zustimmen. Habe ich recht, mein Liebling?« Er lächelte sie strahlend an. Evelyn war aus allen Wolken gefallen und wusste im Moment nicht viel zu sagen. Sie kam sich vor, als würde über ein Objekt, nämlich sie, verhandelt. Es brauchte nur noch der Preis festgelegt werden, dann war der Vertrag abgeschlossen. Es war kein Wort darüber gefallen, dass er sie liebte oder wenigstens verliebt in sie war. Sie konnte Friedrich nur ungläubig ansehen. Aber sie hätte wissen müssen, dass er nicht so schnell aufgab. Sie wollte sich aber vor ihren Eltern nicht bloßstellen, die waren manchmal sowieso furchtbar altmodisch und spießig, und nickte in Richtung Friedrich. Nur den Antrag annehmen und seinen Ring hieß ja noch nicht verheiratet. Damit würde er sie nicht so schnell überrumpeln. Von wegen, Ostern schon heiraten, da war das letzte Wort noch nicht gesprochen, dachte Evelyn, laut sagte sie: »Ich freue mich über deinen Antrag und werde ihn annehmen.«

Friedrich ging lächelnd auf das Sofa zu, steckte Evelyn den

Ring an den Finger und küsste sie ganz sachte auf den Mund. Dass ihre Augen zornig aufblitzten, übersah er geflissentlich.

»Darauf müssen wir anstoßen. Herzlichen Glückwunsch zu eurer Verlobung. Wie schön unter dem Christbaum.« Evelyns Mutter hatte Tränen vor Rührung in den Augen, als sie ihrer frisch verlobten Tochter gratulierte. Auch Friedrich schloss sie in die Arme.

»Willkommen in unserer Familie. Schade dass Großmutter diesen Tag nicht mehr erleben durfte, sie hätte sich bestimmt sehr gefreut. Du musst wissen, Evelyn war immer ihr Liebling. Die zwei hatten ein ganz besonderes inniges Verhältnis.« Vater Stein schüttelte seinem zukünftigen Schwiegersohn kräftig die Hand und verschwand im Keller, um eine Flasche seines besten Weines zu holen. Es wurde ein sehr merkwürdiger Abend. Friedrich war ein sehr guter und charmanter Unterhalter, der mit seinen lustigen Anekdoten immer wieder für Gelächter sorgte. Er verstand sich mit ihrem Vater gleich auf Anhieb. Ihre Mutter war hin und weg von so einem wohlerzogenen und gutaussehenden jungen Mann. So etwas gab es wirklich nicht mehr allzu oft in der heutigen modernen Gesellschaft. Die meisten jungen Paare verlobten sich schon gar nicht mehr, sondern zogen einfach zusammen und trennten sich gleich wieder, wenn es mal nicht so funktionierte. Als sie auch noch erfahren hatte, dass Friedrich ganz allein auf der Welt stand, er hatte seine Eltern vor ein paar Jahren durch einen schrecklichen Autounfall verloren, war es ganz um Frau Stein geschehen. Evelyn beteiligte sich nur sehr einsilbig an der Unterhaltung. Sie hatte irgendwie das Gefühl, im falschen Film mitzuspielen. Die Rolle, die ihr quasi aufgezwungen worden war, verursachte ihr Unbehagen und sie bekam fast Magenschmerzen. Normalerweise hätte sie Friedrich klipp und klar ihre Meinung sagen müssen, ohne Rücksicht auf ihre Eltern, den es ging schließlich bei diesem Arrangement um ihr Leben, ihre Zukunft. Aber nein, sie hatte geschwiegen. Was war sie doch für ein Feigling. Sie hatte den Antrag angenommen, wie hoch gestochen das klang, und war jetzt in den Augen der Eltern eine verliebte junge Braut, die Ostern vor den Altar treten würde. Gut versorgt, wohnhaft in einer möblierten Wohnung. Was für eine schauerliche Vorstellung, sie als verheiratete Frau und dann noch mit einem Mann, den sie eigentlich bis heute nur nett fand, aber nicht himmelhoch jauchzend und mit jeder Faser ihres Herzens liebte. Okay, sie hatten tollen Sex gehabt, aber deswegen musste man doch nicht gleich heiraten. Denn die Liebesschwüre ihres Verlobten nahm sie nicht ganz so ernst, wie er es darstellte. Liebe auf den ersten Blick, wie er heute Abend schon mehrfach erwähnt hatte. Er hatte auch gleich die passende Geschichte dazu gehabt. Alle waren gerührt. Nur sie nicht, sie wusste, dass es nicht so war. Aber sie hatte sich die Sache selbst eingebrockt und steckte jetzt mittendrin. Wie ein Treibsand, der sie sanft, aber unaufhörlich in die Tiefe zog, wie ein Floß, das immer weiter vom rettenden Strand auf das offene Meer zutrieb, wie ein kleiner Vogel, der im höllischen Sturm immer mehr die Kontrolle verlor. Die Liste der Vergleiche war unendlich lang. Und zum momentanen Zeitpunkt konnte sie auch nicht viel anderes tun, als ganz nett und lieb zu lächeln. Mal ab und zu mit dem Kopf nicken. Es war aber ein Lächeln, das ihre Augen nicht erreichte.

Friedrich hatte den Arm um sie gelegt, nachdem er sich auch auf das Sofa gesetzt hatte, und ließ sie den ganzen Abend nicht mehr los. Er behandelte sie jetzt schon wie sein ganz persönliches Eigentum, wie würde das erst später werden. Weit nach Mitternacht verabschiedete sich das neue Familienmitglied, aber nicht ohne die Einladung, am ersten Weihnachtstag zum Essen zu kommen. Der arme Junge war ja ganz allein und konnte doch die Feiertage, ein Fest des Friedens und der Familie, nicht allein in seiner ungemütlichen und womöglich kalten Bude verbringen. Evelyn brachte Friedrich zur Tür, und als dieser sie zum Abschied küssen wollte, drehte sie sich weg.

»Die Überraschung ist mir doch glänzend gelungen, findest du nicht? Ich habe dir sozusagen die Entscheidung abgenommen und den Vorgang ein wenig beschleunigt. Gute Nacht, mein

Liebling, träume was Schönes, vielleicht von Ostern.« Drehte sich um und verschwand, der frisch gefallene Schnee verschluckte seine Schritte. Als die Wohnungstür hinter ihm ins Schloss gefallen war und sie wieder im Wohnzimmer stand, ging es los.

»Warum hast du uns bisher nicht gesagt, dass du einen Freund hast?«

»Warum hast du nicht gesagt, dass du bald heiraten willst?«

»Was wird mit deinem Studium, du wirst es doch hoffentlich abschließen?«

»Bekommst du womöglich ein Baby?«

»Aber er ist ein sehr höflicher junger Mann, der schon alles geplant hat und dich sehr gut versorgen wird.« Das war die praktische Seite ihres Vaters. Es gehörte sich schließlich, dass der Ehemann für die finanzielle Seite sorgte.

»So gute Manieren, das sieht man nicht mehr so oft in der heutigen Zeit.« Die gefühlsbetonte Seite ihrer Mutter kam zum Vorschein, die sich so einen Mann für ihre Tochter gewünscht hatte.

Die Fragen und Aussprüche prasselten wie ein Sommerregen auf Evelyn nieder. Ihr schwirrte der Kopf und sie konnte keinen klaren Gedanken mehr fassen vor lauter Lobgesang. Aber die Eltern erwarteten auch keine Erwiderung. Friedrich hatte ja alles gesagt und festgelegt.

Ich habe keinen Freund und heiraten will ich auch nicht. Weder Ostern noch sonst irgendwann. Nicht so einen aufgeblasenen, von sich überzeugten Gockel. Ob ich mein Studium abschließen darf, müsst ihr mit eurem zukünftigen Schwiegersohn absprechen, der bestimmt das ja alles. Ich werde ja nicht mehr gefragt, ich darf keine eigene Meinung mehr haben. Aber sie hielt sich zurück und sagte nur: »Wir sprechen morgen früh in aller Ruhe, ich bin müde und werde jetzt schlafen gehen. Noch einen fröhlichen Heiligen Abend, gute Nacht.« Drehte sich um und verließ das Wohnzimmer, zurück blieben völlig verdutzte Eltern. Mit Mühe und Not erreichte sie die obere Etage und fiel in ihrem Zimmer total erschöpft, ohne sich auszuziehen, auf ihr Bett. So hatte sie sich den schönsten Tag vom Jahr, den Heiligen

Abend, nicht vorgestellt. Morgen würde sie nochmal mit Friedrich reden. Aber sie hatte keine große Hoffnung, gegen seine Dominanz was auszurichten. Er hatte sich in den Kopf gesetzt, dass sie seine Frau würde, und würde alles daransetzen, dass sein Plan aufging. Außerdem hatte er ja auch die Unterstützung ihrer Eltern auf seiner Seite. Er brauchte eine Frau, die ihn versorgte, auf seine Bedürfnisse völlig einging. Sie hatte ja quasi den ersten Schritt gemacht auf dieser verdammten Party, jetzt steckte sie bis zum Hals im Sumpf und konnte sich wahrscheinlich nicht mehr befreien. Ohne nochmal aufzustehen und sich für die Nacht zurechtzumachen, sie zog lediglich die Schuhe aus, wickelte sie sich in ihr Deckbett und fiel in einen unruhigen Schlaf.

Friedrich hatte das Haus seiner zukünftigen Schwiegereltern, wie er die Steins schon bei sich nannte, mit schwingenden Schritten verlassen. Er war sehr gut angekommen bei den Herrschaften. Mit seinem Charme hatte er sie beide problemlos um den Finger wickeln können. Evelyn hatte gar keine andere Wahl gehabt, als zuzustimmen. Sein Plan war geglückt, sie mit seinem Besuch völlig zu überrumpeln. Er hatte wohl ihr Zögern gespürt, auch ihre Zurückhaltung, aber diese Dinge waren nicht von Belang. Er hatte sämtliche Eisberge umfahren, um in der Seemannssprache zu sprechen. Er mochte sie ja auch und konnte sich gut vorstellen, mit ihr zu leben. Sie würde sich schon an ihn gewöhnen und nach seinen Regeln spielen. Wenn nicht, dafür hatte er so seine Methoden. Für großartige Gefühle hatte er keine Zeit. Das, was er ihr gesagt hatte, stimmte nur zum Teil. Außerdem glaubte er nicht an die große Liebe. Das war was für Träumer und Phantasten, so etwas gab es nur in schlechten und kitschigen Filmen. Seine Mutter hatte seinem Vater jeden Wunsch von den Augen abgelesen und alles für ihn gemacht. Warum sollte das mit Evelyn nicht auch funktionieren. Dass sein alter Herr ein herrschsüchtiger Despot gewesen war, der seine Mutter in eine kleine dunkle Kammer im Haus eingesperrt hatte, wenn ihm irgendetwas missfallen hatte, blendete er geflissentlich aus seinem

Gedächtnis aus. Wie oft hatte er als Kind die hilflosen Rufe seiner Mutter gehört. Aber er hatte ihr nicht helfen können und dürfen, außerdem hatte sein Vater ihm eingebläut, manchmal auch mit dem Gürtel, dass sie das verdient hatte. Die Schläge hatte er ohne zu heulen eingesteckt. Die Striemen auf dem Rücken mit einem Hemd versteckt. Trotzdem war seine Mutter bei ihrem Mann geblieben und hatte alles geduldet. Seine Gedanken kehrten zurück in die Gegenwart. Er war ein Mann der Realität und da hatte solche Schwärmerei keinen Platz. Aber er war schon immer ein guter Schauspieler gewesen, wenn es darum ging, seinen Vorteil durchzusetzen. Evelyn war eindeutig sein Vorteil. Er freute sich auf den nächsten Besuch, mit ihrem Vater konnte er wenigstens anspruchsvolle Gespräche führen oder Schach spielen. Die Kochkünste ihrer Mutter waren außerdem auf jeden Fall besser als seine Mahlzeiten, die er sich auf einer einzelnen Herdplatte, wie auf dem Campingplatz, zubereitete.

Friedrich erschien am nächsten Tag pünktlich zur Mittagszeit. Er machte Frau Stein ein Kompliment über ihr Aussehen, half beim Tischdecken und schmeichelte sich auch sonst ein, wo es ging. Evelyn war am Morgen mit Kopfschmerzen aufgewacht und erst nach einer Tablette ging es ihr etwas besser. Beim Frühstück hatte sie kaum was runtergebracht, die Aufregung des vergangenen Abends lag ihr noch immer wie ein zentnerschwerer Stein im Magen. Sie hatte einen langen Spaziergang durch die winterlichen Straßen gemacht und über vieles nachgedacht. Vielleicht war es doch keine so abwegige Idee, zu heiraten. In der Uni gab es einige verheiratete Paare, die sich erst beim Studium kennengelernt hatten. Sie konnten vieles gemeinsam unternehmen, und bestimmt würde sie noch lernen, ihn richtig aufrichtig zu lieben. Die große leidenschaftliche Liebe verblasste ja sowieso im Lauf der Zeit, es würde eine gute Beziehung werden. Evelyn war freundlich zu Friedrich. Es erschreckte und schmeichelte ihr zugleich, dass er sich von ihrem doch eher zurückhaltenden Benehmen nicht beeindrucken ließ, sondern seinen Stil beibehielt.

Er umgarnte sie ganz unaufdringlich, was ihr, wie sie zugeben musste, angenehm auffiel.

Das Mittagessen verlief sehr erfreulich. Alles schmeckte ausgezeichnet, die Zeit verging wie im Flug. Friedrich blieb natürlich zum Kaffee und ebenso zum Abendessen. Man konnte den zukünftigen Mann der Tochter ja schließlich nicht vor die Tür setzen und allein seinem Schicksal überlassen, noch dazu an Weihnachten, dem Fest des Friedens und der Familie. Evelyn war gar nicht mehr so abgeneigt und konnte sich eine Verbindung mittlerweile ganz gut vorstellen. Er war charmant, witzig und geistreich und konnte über alles mitreden. Nur über seine eigene Familie wollte er nicht reden, da hatte er gleich abgeblockt und das Thema gewechselt. Hatte sich heute von seiner besten Seite gezeigt. Bei einem kleinen Spaziergang am späten Nachmittag, es dunkelte bereits, sprach sie auch über ihre Gefühle zu ihm. Aber sie machte ihm auch in aller Deutlichkeit klar, dass sie ihr Studium niemals vorzeitig beenden würde. Zusammenziehen okay, die Wohnung war ja richtig niedlich und mit ihren Möbeln würde sie ihren persönlichen Stil einbringen und ein gemütliches kleines Nest daraus machen. Heiraten vielleicht später, der Gedanke daran erschreckte sie nicht mehr so wie am Anfang, als Friedrich sie mit seinem Antrag fast wie mit einer Dampfwalze überrollt hatte. Aber auf keinen Fall nur Hausmütterchen spielen. Dazu hatte sie zu hart für ihr Studium gearbeitet, außerdem war sie dazu viel zu jung. Sie hatte noch ein paar andere Ansprüche an das Leben, als nur mit dem Staubwedel durch das Haus zu huschen oder in der Küche stehen und ihren Prinzgemahl zu bekochen. Sie würde ebenfalls eine Stellung als Lehrerin annehmen und finanziell auf eigenen Füßen stehen. Sie wollte nicht um jeden Cent mit ihrem Ehegatten feilschen oder sich für jede Ausgabe rechtfertigen müssen. Diese Punkte erläuterte sie in aller Ruhe ihrem Verlobten. Friedrich hörte sich alles interessiert an, machte hin und wieder eine Bemerkung dazu. Er spürte genau, was sie hören wollte, und war nicht mehr generell abgeneigt von dem Gedanken, dass sie auch ins Berufsleben einstieg. Wenn sie in seiner Nähe war, sprich im gleichen Gymnasium, wusste er wenigstens immer, was sie gerade tat. Aber bis sie ihr Studium abgeschlossen hatte und auch einen passenden Job fand, war noch eine Menge Zeit, die für ihn arbeitete. Irgendwann würde er sich doch durchsetzen mit seinen Vorschlägen. Die Frau eines Oberstudienrates brauchte nicht zu arbeiten, was wäre das denn für ein Bild. Die hatte sich um Haus und Familie, in seinem Fall um ihn, zu kümmern. Es bestand aber auch die Möglichkeit, dass Evelyn ein Kind haben wollte, wenn er sie ans Haus band. Dieser Gedanke überfiel ihn wie ein Blitz aus heiterem Himmel. Doch dazu war er nicht bereit. Zu diesem Thema, das mit Sicherheit auch irgendwann zur Sprache kommen würde, würde es keine Diskussion oder Kompromisse von seiner Seite aus geben. Er wollte in seinem eigenen Haus kein Kindergeschrei um sich haben oder lästige und zudringliche Gören, die ihn ständig in Beschlag nehmen wollten. Er wollte auch keine stinkenden Windeln wechseln. Er konnte mit Babys nichts anfangen. Es reichte ihm völlig, wenn er den ganzen Tag in der Schule mit diesen kleinen Ungeheuern zu tun hatte. Zu Hause wollte er seine Frau für sich haben. Mit niemandem teilen, nicht mal mit seinem eigenen Fleisch und Blut. Was aber für ihn mit das Allerwichtigste war, er wollte mit keiner unförmigen fetten Frau zusammenleben. Allein der Gedanke daran war für ihn schon unerträglich. Aber so weit waren sie ja noch lange nicht.

Die nächsten Tage vergingen mit Treffen bei Evelyn. Hin und wieder ein Kinobesuch. Sie unternahmen auch lange Spaziergänge in der kalten, aber schönen Winterlandschaft. Führten lange Gespräche. Sie gewöhnte sich allmählich an den Gedanken, mit Friedrich zusammen zu sein und freute sich auf seine Besuche oder Anrufe. Meistens Besuche, denn bei Steins gab es immer was zu essen. So langsam entwickelte sich auch eine zaghafte Zuneigung zu diesem gutaussehenden Burschen und ihre Eltern waren ja sowieso sehr angetan und duldeten sogar, dass er in ihrem Haus übernachtete und morgens mit am Frühstückstisch saß. Die Liebe hatte sich nach einigen Umwegen doch noch in ihr Herz eingeschlichen. Sie konnte zwar manche Ansicht nicht so recht teilen, die Herr Erdmann von sich gab, aber sie wollte auch nicht wegen jeder Kleinigkeit, die ihr nicht passte, mit ihm herumzicken. Aber manche Situation nervte sie doch ganz gewaltig. Hätte sie damals schon angefangen, sich gegen ihn aufzulehnen, wäre ihr mancher Schmerz vielleicht erspart geblieben.

Es war ein Tag vor Silvester, den sie mit Freunden in einem Lokal verbringen und auch Verlobung feiern wollten, als sie sich in der Stadt mit Monika zu einem ausgedehnten Einkaufsbummel treffen wollte. Schließlich brauchte sie etwas ganz besonders Hübsches zum Anziehen, diesem Anlass entsprechend. Außerdem hatten sich die Mädchen schon seit Tagen nicht mehr gesehen und es gab einiges an Gesprächsstoff, der noch aufgearbeitet und ausgewertet werden musste. Sie hatten nur zweimal ganz kurz miteinander telefoniert. Als Friedrich hörte, dass sie mit ihrer Freundin unterwegs sein wollte, war er eingeschnappt und maulte, als sie ihm von ihren Plänen erzählte.

»Weißt du, mein Lieber, ich brauche deine Erlaubnis nicht, ich möchte mir nur ein Kleid kaufen und da ist weiblicher Rat vielleicht etwas passender als deine Begleitung, findest du nicht? Außerdem würdest du dich nur langweilen, wenn wir Ewigkeiten durch verschiedene Läden ziehen und stundenlang Klamotten anprobieren. Monika hat einen ausgezeichneten Geschmack und weiß genau, was gerade angesagt ist. Außerdem haben wir uns eine ganze Weile nicht gesehen.« Evelyn wollte den Nachmittag mit ihrer besten Freundin verbringen, die hatte sie in den letzten Tagen sowieso ziemlich vernachlässigt.

»Warum musst du dir überhaupt was Neues kaufen? Du hast doch einen ganzen Kleiderschrank voll netter Sachen zum Ausgehen. Ausgerechnet mit dieser Person willst du einkaufen gehen. Die wird dich bestimmt nicht ehrlich beraten. So wie die immer angezogen ist, wirst du nach ihrem Geschmack aussehen wie ein Paradiesvogel. Außerdem ist sie immer so scheußlich und viel zu grell und aufdringlich geschminkt. Das möchte ich an dir nicht sehen. Ich will mich nicht blamieren oder dass hinter meinem Rücken über meine Freundin gelästert wird. Ich möchte ganz einfach nicht, dass du so viel Zeit mit Monika verbringst.« Er war richtig ärgerlich und hatte auch in diesem Ton gesprochen.

»Ist dir schon mal aufgefallen, dass du nur von dem sprichst, was du willst. In deinen Vorträgen geht es immer nur um dich, du stehst in allen Dingen an erster Stelle. Ich werde mich mit Monika treffen, ob es dir nun passt oder nicht, ist mir egal. Ich brauche dich auch nicht um Erlaubnis fragen, aus dem Alter bin ich nämlich schon eine ganze Weile raus, und vorschreiben lasse ich mir von dir auch nichts. Monika ist meine beste Freundin und wird es auch bleiben. Wenn du sie nicht leiden kannst, bitte schön, das ist dein Problem, und ich kenne sie sehr viel länger als dich.« Sie war jetzt auch verstimmt und ihre Augen blitzten zornig.

»Ich möchte dir doch nichts verbieten, wenn du das falsch verstanden hast, tut es mir leid. Ich dachte doch nur, dass du dein Geld sparen kannst, weil du genug Garderobe hast, wie ich schon gesehen habe. Du könntest doch etwas Hübsches für unsere Wohnung kaufen.« Er war sich durchaus bewusst, dass er gewaltig über das Ziel hinausgeschossen war, und sah deshalb zerknirscht aus. Sein Gesichtsausdruck war wieder liebevoll. Evelyn zuckte die Schultern. Vielleicht hatte er ja recht. Ich habe wirklich genug Klamotten, dachte sie bei sich. Dieses Mal wollte sie ausnahmsweise nachgeben. Zusammen zogen sie los und kauften eine Lampe für das Büro. Schließlich brauchte Friedrich Licht, wenn er an seinem Schreibtisch saß und Arbeiten korrigierte. Die Verabredung mit Monika hatte sie kurzfristig mit einer ziemlich lächerlichen Ausrede verschoben. Sie würden sich in ein paar Tagen ohnehin wiedersehen. Wenn die Uni begann, zog Evelyn zurück in die WG, und dann konnten sie alles in Ruhe durchkauen und bequatschen. Das war das erste Mal, dass Evelyn um des lieben Friedens willen nachgegeben hatte. Sie wollte keinen Streit, nicht wegen irgendwelchem Fummel, den sie bestimmt nicht gebraucht hätte. Friedrich frohlockte innerlich. Diesen Punkt konnte er auf seiner Seite verbuchen. Irgendwann würde er sie ganz von dieser liederlichen Person wegbringen. Spätestens, wenn sie zusammengezogen waren. Sie hatte ja jetzt schon eingelenkt. Aber es sollten noch viele Kompromisse folgen, die aber immer nur Evelyn machen würde.

Die nächsten Wochen vergingen ziemlich ereignislos. Das neue Jahr hatte sehr schön angefangen. Sie hatten alle viel Spaß gehabt. Ein bisschen mehr als gewöhnlich getrunken und die Nacht endete in Friedrichs Bude mit noch mehr Spaß und ganz viel tollem Sex. Aber jetzt war der Alltag wieder eingekehrt und Lernen war angesagt. Sie musste sich auf Klausuren vorbereiten und hatte ja schließlich auch ihre Nebenjobs. Sie konnte sich schließlich nicht in einzelne Teile teilen wie ein Puzzle, deshalb kam Friedrich etwas zu kurz. Sie konnten sich nicht mehr so häufig treffen wie in den Ferien. Die Arbeit in der Cafeteria war ihm auch ein Dorn im Auge. Er wollte nicht haben, dass Evelyn von allen anderen männlichen Studenten angemacht wurde. Zwar war das meiste nur harmloses Geschwätz und die Kerle meinten es ja auch nicht ernst oder wurden zudringlich, trotzdem. Aber diesmal blieb sie hart. Sie brauchte das Geld und die Arbeit machte ihr Freude und sie wollte nichts von den anderen Burschen. Außerdem war sie nicht sein Eigentum, jedenfalls war sie dieser Meinung. Es kam zu einer unschönen Auseinandersetzung deswegen. Friedrich warf ihr alles Mögliche an den Kopf, mit Worten natürlich. Zum Beispiel, dass es ihr gefallen würde, wenn sie von allen Seiten angemacht wurde, dass ihre Blusen zu weit aufgeknöpft waren, sie immer flirtete. Er ließ einen ganzen Zug mit solchen dummen und übertriebenen Sprüchen vorfahren. Aber wie gesagt, diesmal wich sie keinen Zentimeter zurück. Das Ende vom Lied war, Friedrich schmollte tagelang und ließ sich nicht sehen und hören. Aber Evelyn ließ ihn schmoren, sie lief ihm auch nicht nach.

Sie vertrugen sich wieder, so wie schon öfters, mit einer rauschenden Liebesnacht. Wenn Evelyn geahnt hätte, dass ihre Zukunft immer so ablaufen würde, hätte sie wohl sofort die Verlobung gelöst und wäre in einem anderen Land untergetaucht. Aber so fiel sie immer wieder auf die Beteuerungen von ewiger Liebe und schönem Leben mit Friedrich herein.

Die Osterferien rückten so langsam in greifbare Nähe. Das Thema Hochzeit war erst einmal vom Tisch, was ihren Verlobten wieder zu unschönen Äußerungen veranlasst hatte. Tagelang hatten sie darüber diskutiert, aber auch hier konnte sich Evelyn durchsetzen. Friedrich bestand sein Examen mit Auszeichnung, was nicht anders zu erwarten war, und trat kurz danach seine Stellung am hiesigen Gymnasium an. Während der Ferien hatten sie ihren Umzug in die Wohnung geplant. Der Mietvertrag war unterschrieben, allerdings nicht von Herrn und Frau Erdmann, sondern nur von ihm allein. Sie war quasi nur seine Untermieterin. Diese Rebellion hatte wieder Minuspunkte zur Folge, aber Evelyn wollte nach wie vor nicht mit ihrem Studium aufhören und auch nicht gleich heiraten. Friedrich war wieder etwas angefressen, aber er musste sich mit dieser Tatsache zufriedengeben, dass er in dieser Sache bisher keinen Sieg davongetragen hatte. Auch sein Schmollen, das mittlerweile fast schon zu ihrem Alltag gehörte und nicht mehr ernst zu nehmen war, nutzte nicht viel. Seine Braut bewies mehr Courage, als ihm lieb war.

Der Umzug in ihr neues Heim ging recht schnell über die Bühne. Die Vermieterin hatte ihre Putzfrau beauftragt, die komplette Wohnung zu putzen, einschließlich Gardinen waschen und Schränke auswischen. Als sie mit ihren paar kleinen Möbeln und Umzugskartons anrückte, Herr Stein hatte einen kleinen Transporter angemietet, blitzte und blinkte es in allen Räumen. Die Trennung von Monika verlief ein wenig rührselig, obwohl die Mädchen sich ja weiterhin in der Uni sehen würden. Aber die gemeinsame Zeit in der gemütlichen Wohnung war endgültig vorbei. Sie würden nicht mehr nächtelang über Männer und Gott und die Welt lästern können, nicht mehr spontan eine Flasche Wein trinken. Keine stundenlangen Schaufensterbummel mit anschließendem Kaffeehausbesuch mehr. Das war nun wahrscheinlich endgültig vorbei. Vermutlich war jetzt auch ihre Jungmädchenzeit unwiderruflich vorbei. Sie war eine erwachsene Frau und zog mit einem Mann, ihrem Verlobten und zukünftigen Ehemann, zusammen.

»Du kannst den Hausschlüssel behalten, wenn irgendetwas ist, komme einfach vorbei. Ich bin immer für dich da«, flüsterte Monika ihr in einem, von Friedrich unbemerkten Augenblick, zu. Sie hatte sowieso ein flaues Gefühl in der Magengegend, wenn sie daran dachte, dass Evelyn jetzt mit diesem aufgeblasenen Gockel zusammenlebte. Er würde ihr körperlich nicht wehtun, aber ihre Freude am Leben würde ganz bestimmt einen riesengroßen Riss bekommen und sie würde eingehen wie eine Blume, die nicht mehr gegossen wurde oder nur im Schatten stand. Sie stand ja jetzt schon im Schatten, wusste es nur noch nicht.

Evelyns Mutter half mit beim Umzug und nach etwa vier Stunden war alles an Ort und Stelle. Ordentlich in den Schränken verstaut. Evelyn brachte das Geschirr und Kochtöpfe mit und was sonst noch so in die Küche gehörte. Sie hatte ganz viele hübsche und praktische Utensilien von ihrer Großmutter geerbt. Es fehlte lediglich die Kaffeemaschine. An diese wichtige Kleinigkeit hatte keiner von den Freunden oder aus der Familie gedacht. Aber hier hatte Friedrich auch wieder schlagende Argumente. Sein Einfallsreichtum war in jeder Hinsicht unschlagbar.

»Hast du schon einmal frisch aufgebrühten Kaffee getrunken, der schmeckt doch viel aromatischer, und es ist ein Kinderspiel, das schafft sogar eine ungeübte Hausfrau.« Ein Augenzwinkern und schelmisches Lächeln begleiteten seine Worte. Es war wirklich keine große Sache, Wasser aufzusetzen und den Filter zu befüllen. Auch ein paar Minuten dabeizubleiben und das kochende

Wasser aufzugießen, war keine Staatsaffäre. Nur er hatte damit nichts am Hut. Evelyn war diejenige, welche. Er hatte überhaupt in der Küche nicht viel zu tun. Das war ja schließlich Frauenarbeit. Als angehender Oberstudienrat, ein Ziel, das noch in weiter Ferne war, er hatte schließlich gerade erst angefangen zu unterrichten, konnte er sich nicht mit Küchenarbeit befassen, wo er doch eine Frau im Haushalt hatte. Aber Evelyn war auch keine große Leuchte in der Küche. Kochen hatte sie nie richtig gelernt, nur hin und wieder mal ein bisschen über die Schulter gesehen, wenn ihre Mutter etwas zauberte. Außerdem fehlte ihr die Zeit für aufwendige Gerichte. Höchstens mal am Wochenende, wenn kein Lernen anstand, probierte sie neue Rezepte aus. Das meiste davon gelang auch ganz gut. Friedrich war jedenfalls zufrieden. Es ging auch eine ganze Weile gut mit dem Zweipersonenhaushalt. Friedrich war ganz froh über das Geld, das Evelyn zur Haushaltsführung beisteuerte. Sie bekamen auch viel von den Eltern zugesteckt. Öfters in der Woche stand ein Korb mit Schüsseln mit fertig gekochtem Essen vor der Tür. Sein Gehalt war noch nicht so üppig. Er musste noch einige Stufen auf der Leiter seiner Karriere hochsteigen, um an das ganz große Geld zu kommen. Was ihm aber kolossal missfiel, war das Einkaufen von Lebensmitteln. Evelyn achtete nicht unbedingt auf die Preise oder Sonderangebote. Sie kaufte einfach drauflos. Er fing an, sich in den Supermärkten mit den Preisen zu beschäftigen, studierte die vielen Prospekte, die ständig im Briefkasten waren, und erstellte jede Woche einen Haushaltsplan, mit Speisefolge. Danach wurde eingekauft und gekocht. Es mussten nicht immer Leckereien sein, einfache Hausmannskost, auch mal aus der Konserve, genügte völlig. Diese Gerichte konnte man für ein paar Tage vorkochen und später aufwärmen. Außerdem bekamen sie ja einiges von Frau Stein. Obendrein sparten sie dadurch auch eine Menge Energie. Der Herd war nicht stundenlang an, überhaupt fing er nach ein paar Wochen an, ständig irgendwelche neuen Sparprogramme auszuarbeiten. Dafür hatte er stundenlang Zeit. Man brauchte nicht jeden Tag zu duschen, baden oder Haare waschen. Sie würden ja schließlich nicht schmutzig. Außerdem tat das chemische Zeug den Haaren und der Kopfhaut nicht gut und sie als angehende Lehrerin für Chemie sollte das doch eigentlich wissen. Das war die reine Wasserverschwendung. Der Fernseher oder die Musikanlage mussten auch nicht stundenlang laufen. Denn wer konnte sich konzentrieren, wenn ständig das Geplärre lief. Sie konnten doch Schach spielen oder mal ein gutes Buch lesen. Die Universitätsbibliothek bot tausende von Werken an. Evelyn fand diese Maßnahmen am Anfang noch recht amüsant, aber als sie merkte, dass Friedrich keinen Spaß damit verstand und sie ausschimpfte, wenn sie was gekauft hatte, was nicht auf dem Plan stand oder nicht für ihn war, ging es ihr doch gewaltig gegen den Strich und es kam wieder mal zu einer heftigen Auseinandersetzung. Aber Friedrich hatte eine enorme Überzeugungskraft und Evelyn war nach diesem Streit sogar bereit, ihm zu glauben, dass er alles nur für sie und aus Liebe zu ihr tat. Er war besorgt um sie, um ihre Haare, um ihre Haut. Nach einer zärtlichen Versöhnung hatte er sie von der Richtigkeit seiner Worte überzeugt. Es waren immer nur banale Kleinigkeiten, die zu einem Streit oder, besser gesagt, Meinungsverschiedenheiten führten, die Friedrich beleidigt sein ließen. Er war erst dann wieder zufrieden, wenn er seinen Kopf durchgesetzt oder ihr seine Meinung aufgedrängt hatte, und machte alles wieder gut, wenn er sie in seine Arme nahm oder zärtlich liebte. Evelyn war mittlerweile fest davon überzeugt, dass sie ihren Verlobten von ganzem Herzen liebte. Es waren ja auch schöne Tage, die die zwei in ihrer kleinen kuscheligen Wohnung verbrachten, selbst ohne Musikanlage oder Fernseher. Sie gab sich sehr große Mühe, alles richtig zu machen. Angefangen beim Kaffeekochen, obwohl eine Kaffeemaschine bedeutend praktischer gewesen wäre und vor allen Dingen auch zeitsparender. Aber es war ja wirklich keine große Sache, und dass sie morgens deswegen früher aufstehen musste, störte sie fast auch nicht mehr. Friedrich wollte seinen frischen Kaffee trinken, wenn er in der Frühe in die Küche kam. Man gewöhnte sich an alles, nach dem Motto, Friedrich pfiff und seine Verlobte tanzte. Friedrich machte es diabolischen Spaß, Evelyn immer wieder mit seinen unsinnigen Vorträgen zu maßregeln. Er wusste, wie weit er gehen konnte und wie er sie wieder versöhnlich stimmen konnte. Als Evelyn mit Friedrich zusammengezogen war, begannen ihre Seelenqualen und es war keiner da, der ihr mehr helfen konnte. Über ihr eigenes Leben bestimmte von nun an Friedrich.

Irgendwann im Sommer sollte eine festliche Veranstaltung stattfinden. Ein klassischer Musikabend in der Stadthalle. Es sollten junge Talente aus der gesamten Region auftreten, eine Menge Prominenz war dazu eingeladen. Evelyn hatte sich extra für diesen Anlass ein festliches Kleid gekauft, mit fachlicher Beratung von Monika, aber das brauchte Friedrich nicht zu wissen. Er mochte nicht, wenn sie Umgang mit ihrer Freundin hatte. Sie wollte ihn damit überraschen. In ihrem winzigen Badezimmer zog sie sich an und schminkte sich sehr sorgfältig. Nicht zu auffällig, denn das mochte Friedrich ja nicht. Sie steckte ihr dunkles Haar hoch und befestigte einige kleine glitzernde Sterne darin. Es sah wirklich toll aus. Sie war gespannt auf seine Reaktion. Er war im Wohnzimmer, fertig angezogen in seinem dunklen Anzug und hatte sich schon gewundert, was sie so lange im Bad zu schaffen hatte, als sie ganz langsam die Tür öffnete und sich kokett vor ihm drehte.

»Wie siehst du denn aus? In diesem ordinären Fetzen wirst du ja wohl nicht mit mir zu diesem Fest gehen wollen. Ich glaube, darüber brauchen wir erst gar nicht zu sprechen. Auch die Farbe kannst du dir gleich aus dem Gesicht waschen, ich gehe mit einer Frau aus und nicht mit einem angemalten Clown. Genauso das silberne Zeug in deinem Haar. Du bist doch kein Christbaum, der mit Lametta geschmückt ist. Was denkst du eigentlich, wo wir hingehen, ins Tollhaus? Meine Kollegen und einige Professoren der umliegenden Universitäten und andere hochgestellte und prominente Persönlichkeiten werden mit ihren Damen anwesend sein. Willst du, dass ich mich blamiere? Dass meine Braut aussieht wie ein Paradiesvogel, oder schlimmer noch? Dieses andere Wort möchte ich nicht in den Mund nehmen.« Seine Augen blitzten zornig und die Ader an seinem Hals war zur dreifachen Größe angeschwollen. Evelyn konnte seinen Beleidigungstiraden nur ungläubig zuhören. So hatte sie ihn noch nie erlebt. Ihr Kleid war sehr elegant. Aus dunkelrotem Samt. Ein wenig gewagt ausgeschnitten, vielleicht, das musste sie zugeben. Aber sie hatte die Figur dazu und brauchte sich nicht zu verstecken. Außerdem gingen sie zu einer Abendveranstaltung und nicht zu einem Kindergeburtstag. Der Rock war auch nicht zu kurz oder eng, fiel in weichen Falten bis zum Knie. Das Oberteil enganliegend und mit dem passenden BH hatte sie ein schönes Dekolletee. Der Granatschmuck, den sie von ihrer Großmutter damals geschenkt bekommen hatte, sah auf der leicht gebräunten Haut richtig toll aus und rundete das Kleid sehr schön ab. Sie hatte schwarze hohe Pumps gewählt. Die gehörten nun mal zu solch einem Kleid, sie konnte schließlich keine Turnschuhe anziehen. Also, was gefiel ihm an ihrem Aussehen nicht? Sie war fast den Tränen nah. Wie gesagt, so böse hatte sie ihn noch nie erlebt.

»Was passt dir an diesem Fetzen, wie du sagst, denn nicht? Es ist ein ganz normales Kleid für den Abend und geschminkt habe ich mich auch sehr dezent. Tausend andere Frauen tragen solche Kleider, oder glaubst du vielleicht, die Gattin von Herrn Professor, wer auch immer, kommt im Sportanzug. Was willst du eigentlich von mir, soll ich wie ein Mauerblümchen rumlaufen, nur um dir zu gefallen? Ich werde auf jeden Fall nichts anderes anziehen. Gehe von mir aus allein zu deinem dämlichen Musikvortrag. Du verstehst ja sowieso nichts von klassischer Musik und stehst nur dumm mit offenem Mund herum.« Damit drehte sie sich um und ging ins Schlafzimmer. Mit einem lauten Krachen warf sie die Tür hinter sich zu und drehte den Schlüssel im Schloss herum. Jetzt konnte sie sich nicht mehr zurückhalten und ließ ihren Tränen freien Lauf. Sie sank auf ihr Bett und in Sekundenschnelle war ihr Kopfkissen nass geweint. Erst nach einigen Minuten konnte sie sich wieder beruhigen und hörte auch, wie Friedrich an der Tür rüttelte. Aber diesmal blieb sie standhaft. Sie wollte nicht schon wieder klein beigeben, nur damit der Kerl seinen Willen bekam und nicht wieder stundenlang eingeschnappt war.

»Es tut mir leid, dass ich so reagiert habe, aber ich möchte nicht, dass dich andere Kerle anstarren, wenn du so ein Kleid trägst. Außerdem hast du die Schminke ja gar nicht nötig, du bist doch von Natur aus schön. Dein Gesicht und deine Augen brauchst du kein bisschen anzumalen, wie zu einer Karnevalsparade. Ziehe doch diesen schicken schwarzen Rock an und die graue Bluse, darin siehst du sehr elegant aus. Dann werden mich alle um meine wunderschöne Begleitung beneiden und ich werde nicht mehr böse sein oder schimpfen. Aber jetzt beeile dich bitte, wir müssen uns langsam auf den Weg machen. Ich möchte nicht zu spät kommen und warte im Wohnzimmer auf dich.«

Evelyn traute ihren Ohren nicht, als sie seine Worte hörte. Bin ich etwa ein kleines Mädchen, das ausgeschimpft wird, wenn es dies oder jenes gemacht hat? Habe ich gar keine eigene Meinung mehr und bin wie eine Marionette, bei der an den Fäden gezogen wird? Was glaubt der eigentlich von mir? Die Klamotten ziehe ich bestimmt nicht an, ich gehe doch zu keiner Trauerfeier, dachte sie aufgebracht. Ein bisschen von ihrem alten Kampfgeist war zurück an die Oberfläche gekehrt.

»Du brauchst nicht auf mich zu warten, ich werde mich nicht umziehen. Wenn du gehen willst, dann ohne mich! Ob du schimpfst oder böse mit mir bist, ist mir auch so was von vollkommen egal. Nehme von mir aus eine Nonne mit, dann hast du gleich Beistand von ganz oben und dein Heiligenschein wird in hellem Licht erstrahlen.« Sie erhob sich vom Bett, zog vorsichtig ihr Abendkleid wieder aus und schlüpfte in den Jogginganzug, den sie noch nicht aufgeräumt hatte. Sie verließ den kleinen Schlafraum und ging in die Küche, wo sie sich ein Glas Wein einschenkte. Das war jetzt absolut notwendig und das einzig Richtige. Sie musste erst mal ihre Nerven wieder zur Ruhe kommen lassen, sonst würde sie nämlich ausflippen und ihm an den Schädel schmeißen, was gerade so zu finden war. Sie hatte absolut genug von seinem ewigen Gemecker und unkontrollierten Wutausbrüchen. Friedrich hatte gehört, dass sie in die Küche gegangen war, und kam nach.

»Ich habe es nicht so gemeint, das Kleid sieht ja wirklich gut aus. Aber für so eine Veranstaltung ist es doch ein bisschen zu gewagt. Ich möchte einfach nicht mit ansehen müssen, wie manche Männer in deinen Ausschnitt fallen, oder sich nach dir den Hals verrenken, und wie gesagt, die Kosmetik hast du nicht nötig. Komm her zu mir und sei wieder lieb.« Er versuchte, sie in den Arm zu nehmen, aber Evelyn wollte nicht. Es war immer etwas zu einfach. Ein paar nette Worte, ein zärtlicher Kuss und alles war wieder gut. Aber heute war nichts wieder gut. Sie war bitter enttäuscht von ihm. So hatte er sie noch nie behandelt. Sie war doch kein Flittchen, das auf Männerfang ging. Heute konnte sie seine Schmeicheleien nicht ertragen und drehte sich weg.

»Ich werde dich nicht begleiten, weder in dem Kleid noch in etwas anderem. Außerdem kannst du dir deine scheinheiligen Worte sonst wohin stecken. Ich werde nicht lieb sein, wie du dich gönnerhaft ausdrückst. Ich bin kein kleines Kind mehr, das man mit ein paar Süßigkeiten, in unserem Fall mit einer Umarmung, wieder beruhigt. Es ist mir ernst mit dem, was ich gesagt habe. Gehe allein oder mit sonst wem aus. Mit mir jedenfalls nicht. Ich lasse mich von dir nicht so behandeln. Wegen einem Kleid machst du so ein Theater. Meinst du denn, die anderen Frauen kommen im Rollkragenpullover und langer Hose? Mir ist der Spaß vergangen an deiner Gesellschaft und an dem Fest. Ich werde zu meinen Eltern gehen und auch dort über Nacht bleiben. Ich will dich heute nicht mehr sehen. Vielleicht gehe ich auch zu Monika und wir machen uns einen schönen gemütlichen Abend«, setzte sie boshaft hinzu und drückte sich an ihm vorbei aus der Küche. Nahm im Flur ihre Handtasche und war aus der Haustür raus, bevor Friedrich bis drei zählen konnte. Ihr Fahrrad stand auf dem Parkplatz, auch so eine Anschaffung, die

Friedrich vorgeschlagen und für gut befunden hatte, und ruck, zuck radelte sie die Straße entlang.

Ihr Verlobter kochte vor Wut. Wie stand er jetzt da? Er konnte unmöglich ohne Begleitung dort auftauchen. Alle würden über ihn hinter seinem Rücken reden oder über ihn lachen. Er musste sich eine glaubhafte Ausrede einfallen lassen. Aber das würde er dieser blöden Kuh noch heimzahlen. Was bildete die sich eigentlich ein? So sprang man nicht mit einem Friedrich Erdmann um. Solche, die das einmal versucht hatten, hatten teuer dafür bezahlt. Er würde ab jetzt andere Seiten aufschlagen, sie würde noch merken, was sie heute mit ihrem Benehmen angerichtet hatte. Er überprüfte nochmal sein Aussehen und war kurze später auf dem Weg in die Stadthalle.

Ihre Mutter hatte absolut kein Verständnis für ihr Gejammer, wie sie es nannte, nachdem Evelyn in der gemütlichen Küche einen großen Becher Kakao vor sich auf dem Tisch stehen und sich alles von der Seele geredet hatte. Im Gegenteil, sie versuchte, die ganze Sache abzuschwächen, und nahm das Ekelpaket auch noch in Schutz.

»Sei doch froh, dass sich dein zukünftiger Mann so um dich sorgt. Vielleicht war der Ausschnitt wirklich etwas zu tief. Er hat ja schließlich einen guten Ruf zu verlieren. Das Benehmen oder Aussehen einer Frau kann die Karriere ihres Mannes ganz schön negativ beeinträchtigen. Da ist immer etwas Zurückhaltung notwendig und angebracht. Manche Frauen gehen manchmal aus dem Haus, ohne vorher in den Spiegel geblickt zu haben. Tragen Sachen, die ihnen niemals passen. Ich kann einfach nicht verstehen, dass du die Meinung und den Wunsch von Friedrich nicht respektieren kannst. Es wäre doch bestimmt keine große Sache gewesen, die Sachen anzuziehen, die Friedrich vorgeschlagen hat.« Dass ihre Mutter ihr so in den Rücken fiel, war nicht anders zu erwarten gewesen, sie hätte es wissen müssen. Der Kerl hatte sich ja auch gut in die Familie integriert, besser formuliert, angebiedert. Ihre Eltern fanden alles wunderbar und so klug, was er von sich gab, und richteten sich fast schon nach seinen Ansichten. Sie hatte ein bisschen Verständnis für ihre Weigerung erhofft, Klamotten anzuziehen wie für einen Trauergottesdienst. Aber nun musste sie sich Vorwürfe anhören, was sie doch für eine undankbare Frau war und nicht verstehen wollte, dass Friedrich alles nur aus grenzenloser Liebe zu ihr tat. Es war zum Verzweifeln. Den Weg hierher hätte sie sich sparen können und dass sie über Nacht blieb, kam jetzt auch nicht mehr in Frage. Den ganzen Abend die Tiraden ihrer Mutter waren nicht auszuhalten. Wenn die sich an etwas festgebissen hatte, gab es kein Halten mehr. Dann konnte sie auch wieder nach Hause gehen beziehungsweise radeln.

»Sag deinem Friedrich, wie leid es dir tut, und versöhne dich wieder mit ihm«, waren die Abschiedsworte, als sie wieder ging. Kein »passe auf dich auf« oder »fahr vorsichtig«. So viel zum Thema über liebevolle und verständnisvolle Mütter.

»Darauf kann der Typ lange warten, ich lasse mir nicht vorschreiben, was ich anziehe. Als Nächstes kommt dann, was ich esse, das macht er ja sowieso schon, oder mit wem ich sprechen darf. Niemals lasse ich es so weit kommen, dass jemand die totale Kontrolle über mich hat«, brummelte Evelyn ärgerlich vor sich hin. Dass sie schon mitten in einer kontrollierten Herrschaft steckte, war ihr zu diesem Zeitpunkt immer noch nicht klar. Dazu mussten noch einige gravierende Dinge passieren.

Die Wohnung war leer, als sie zu Hause eintraf. Aber das hatte sie auch vermutet, er blieb bei Veranstaltungen oder Festen fast immer bis zum Schluss, um ja kein Wort zu verpassen und alles aufzuessen, was noch so herumstand. Es wäre interessant, zu erfahren, mit welcher Ausrede er die Abwesenheit seiner Verlobten erklärt hatte, dachte Evelyn. Sie nahm ein ausgiebiges Bad und mit einem Glas Wein setzte sie sich ins Wohnzimmer in ihren Schaukelstuhl, um sich einen Spielfilm anzusehen. Solche Art von Film, die Friedrich nicht ausstehen konnte. Einen richtigen kitschigen amerikanischen Liebesfilm, mit einigen bekannten Hollywoodstars. Ein Film, der ihr vor Augen führte, was sie in ihrer Beziehung niemals haben würde. Bedingungslose Liebe und Verständnis für den Partner, egal in welcher Lage und das nicht nur von ihrer Seite aus. Denn so etwas gab es auch im wirklichen Leben, nicht nur in alten Kinoschinken. Doch das wusste Evelyn noch nicht und würde es mit ihrem Verlobten oder zukünftigen Mann niemals erleben.

Irgendwann wechselte sie auf das Sofa und schlief ein, schön eingekuschelt in eine Decke. Sie wurde auch nicht wach, als das Objekt ihres Ärgers etwas angetrunken ganz spät in der Nacht nach Hause kam und sie schlafend vorfand. Friedrich war ein wenig in sich gegangen und hatte vor sich selbst zugegeben, dass er übertrieben reagiert hatte. Das Kleid sah wirklich elegant aus und hatte Evelyn ausgezeichnet gestanden. Eigentlich war an dem Outfit nichts auszusetzen gewesen, einige der Damen hatten noch wesentlich gewagtere Kreationen getragen. Er wollte nur nicht, dass jeder ihr Komplimente machte und er nur dann dabeistehen und zuhören konnte. Außerdem mochte er nun einmal nicht haben, wenn sie wichtige Angelegenheiten wie die Garderobenfrage allein entschied, und dieser Abend war sehr wichtig für ihn gewesen. Er hatte eine Menge interessanter Persönlichkeiten mit Rang und Namen kennengelernt. Vielleicht würde er sich doch bei ihr entschuldigen, dachte er noch bei sich und ging brummend ins Schlafzimmer. Aber heute Nacht würde er sie nicht wecken, Strafe musste schließlich sein. Sie hatte ja sowieso vorgehabt, bei ihren Eltern zu übernachten.

Die Stimmung beim Frühstück am nächsten Morgen, einem Sonntag, war etwas frostig. Evelyn war als Erste wach geworden, hatte sich noch gewundert, warum sie auf dem Sofa gepennt hatte, bis ihr alles wieder eingefallen war. Sie hatte aber trotzdem Kaffee aufgebrüht und den Tisch gedeckt. Nach ein paar Minuten kam auch Friedrich in die Küche, mit Schatten unter den Augen bis beinahe zu den Mundwinkeln, wie sie erfreut feststellte. Er lächelte und küsste sie, als ob nichts gewesen war. Aber so lief das immer bei ihm ab, einfach darüber hinwegsehen. Aber so leicht würde sie es ihm diesmal nicht machen.

»Hattest du einen schönen Abend?«, ihre Stimme klang ein wenig provokativ, was Friedrich natürlich sofort bemerkte. Aber er wollte jetzt nicht darüber diskutieren. Nicht vor dem Frühstück und ohne eine Tablette, er hatte ziemliche Kopfschmerzen, es war wahrscheinlich doch ein bisschen zu viel Wein gewesen. Er hatte außerdem bemerkt, dass seine Kaffeetasse leer war.

»Danke ja. Meine Kollegen und Kolleginnen waren betrübt, dass du nicht dabei warst. Sie lassen dich ganz herzlich grüßen. Ich habe dich mit deiner monatlichen Unpässlichkeit entschuldigt. Da hatte jeder für deine Abwesenheit Verständnis. Die jungen Künstler haben sich sehr große Mühe mit ihren Darbietungen gegeben, das Publikum war begeistert. Würdest du mir bitte Kaffee einschenken?«

»Nein, die Kanne steht auf dem Tisch und du kannst sie auch gut erreichen.«

Er sah sie nur entgeistert an, überhörte ihre ungehörige Äußerung und schenkte sich Kaffee ein.

»Hast du Lust auf einen langen Spaziergang, es ist so herrliches Wetter draußen. Das wird uns beiden bestimmt guttun, dann verschwindet sicherlich auch mein Kopfweh schnell.«

»Nein.«

Auch diesen Einwand überhörte er und nahm sich ein Rosinenbrötchen, ein Gebäck, das er für sein Leben gern aß, und tunkte es in den Kaffeebecher. Er wusste, dass er Evelyn damit auf die Palme brachte, sie konnte das absolut nicht ausstehen. Aber das war ihm egal, so schmeckte es ihm nun mal am besten und das war wichtig. Er versuchte einen neuen Vorstoß.

»Wir können unterwegs irgendwo Mittagessen und anschließend zu deinen Eltern zum Kaffee gehen. Bestimmt hat deine Mama wieder einen feinen Kuchen gebacken. Das macht sie sowieso ganz besonders gut. Bestimmt gelingt dir irgendwann auch so etwas Leckeres. Außerdem habe ich deinem Vater eine

Revanche für das verlorene Schachspiel von neulich versprochen.«

»Nein.«

Das Neulich war letzten Sonntag und die Gehässigkeit mit
dem Backen war auch ganz typisch. Sie hatte versucht, kleine
Törtchen mit Obst zu backen, was aber kläglich misslungen war.
Ihr Liebster war ja so charmant, dass er darüber immer wieder
Bemerkungen fallen ließ. Monatliche Unpässlichkeit, die ja bei
jeder jungen Frau vorkam, eine richtig gute Ausrede. Aber sie
hatte auch nichts anderes erwartet. Es war wie immer. Entweder
ein paar Zärtlichkeiten oder er ging ganz einfach über alles hinweg. So wie heute Morgen, keine Diskussion mehr, wenn er nicht
in der passenden Stimmung war. Sie hatte eigentlich keine große
Lust, sich wieder seine Standpauke anzuhören. Es lief ja doch
immer aufs Gleiche hinaus. Er hatte immer Recht. Am liebsten
hätte sie sich wieder in ihr Bett verkrochen, um ihn und sein
kindisches Geplapper nicht ertragen zu müssen. Aber so etwas
duldete der gnädige Herr auch nicht. Es war von seiner Seite aus
beschlossene Sache, also würde es auch so ablaufen. Aber diesmal kam er ohne eine vernünftige Entschuldigung nicht davon.

»Wenn du dich bei mir für dein unmögliches Verhalten von
gestern Abend entschuldigst, könne wir den Sonntag vielleicht
so verbringen, wie du es vorgeschlagen hast. Ansonsten nehme
ich meine monatliche Unpässlichkeit.«

Friedrich fiel aus allen Wolken über so viel Unverfrorenheit.
Hatte sie vergessen, dass er sich die Ausrede hatte einfallen lassen müssen, um nicht wie ein Depp da zu stehen? Aber er wollte
heute, am Sonntag, mal großmütig sein.

»Es tut mir leid, dass ich ein wenig ungerecht zu dir war.« Mehr
Entschuldigung war nicht möglich.

»Vielen Dank für deine Entschuldigung«, ihre Stimme tropfte
nur so vor Ironie.

»Aber der Tag ist wirklich viel zu schön und frische Luft macht
den Kopf frei.«

Nach dem Frühstück, als alles wieder aufgeräumt war, fuhren

sie mit dem Auto ins Grüne. Der Schwarzwald bot mit seine kleinen zauberhaften Dörfern und Städtchen ein beliebtes Ausflugsziel und ihnen begegneten eine Menge Leute, die zu Fuß oder mit dem Fahrrad die Straßenränder bevölkerten. Der Tag war wirklich herrlich und der lange Spaziergang richtig erholsam. Das anschließende Essen in einer kleinen Gartenwirtschaft verlief auch recht harmonisch. Friedrich erzählte vom gestrigen Abend. So wie er es darstellte, war er der Mittelpunkt gewesen und nicht die jungen Künstler auf der Bühne. Aber Evelyn wollte die Stimmung nicht verderben, es kam selten genug vor, dass ihr Verlobter in so guter Laune war. Der Nachmittagskaffee bei den Eltern war wie immer ein Höhepunkt. Der Kuchen war wirklich sehr lecker, aber das war ja schließlich auch kein Wunder, ihre Mutter stand mehr als die Hälfte ihres Lebens in der Küche und kochte oder backte. Friedrich stopfte drei Stücke in sich rein. Ihr Vater erhielt die versprochene Möglichkeit, sein Spiel zu gewinnen, und die Welt war wieder in Ordnung. Nachdem so viel Zeit über den dummen Streit vergangen war, der Tag neigte sich allmählich dem Ende zu, hatte Evelyn auch keine große Lust mehr, alles nochmal aufzuwärmen, wenn wieder nichts dabei herauskommen würde. Also blieb alles beim Alten. Friedrich hatte seinen Sieg davongetragen, es hatte sich nichts geändert, würde es wahrscheinlich auch nie mehr.

Der Sommer verlief ohne weitere größere Zwischenfälle. Evelyn hatte ihren Haushalt einigermaßen im Griff. Es gab wirklich nicht so sehr viel zu tun. Das bisschen Wäsche und Putzen in ihrer kleinen Wohnung war schnell erledigt. Sie hatte genügend Zeit, für ihr Studium zu lernen. Es war ja auch keiner da, der Dreck mit hereinbrachte. Die Streitigkeiten hielten sich in Grenzen, anscheinend hatte ihr Verlobter eingesehen, dass er nicht so mit ihr umspringen konnte, wie es ihm gerade in den Kram passte. Er hatte sie gebeten, ein Haushaltsbuch zu führen, damit sie einen Überblick über die ständig wiederkehrenden Ausgaben hatten. Erst hatte Evelyn vermutet, er wollte sie kontrollieren, weil ihr Geld ja auch in die gemeinsame Kasse floss. Aber mittlerweile fand sie es gar nicht mehr so schlecht, denn manchmal war das Geld wirklich schneller ausgegeben als verdient. Nur die kleinen Scheine, die sie hin und wieder von ihrem Vater zugesteckt bekam, erschienen nirgends. Friedrich brauchte davon nichts zu wissen, sie versteckte das Geld in ihrem Kosmetikkoffer. Den hatte er noch nie angefasst. Ab und zu geriet sie ins Grübeln über ihre ständige Kompromissbereitschaft. Aber da sie sich mittlerweile richtig in ihren Lebensgefährten verliebt hatte, war klar, dass sie vieles aus Liebe zu ihm tat. Sie hatte es sich so oft selbst eingeredet und von ihrer Mutter zu hören bekommen, was Friedrich doch für ein treusorgender und zuverlässiger Mann war und nur das Beste für sie wollte, dass sie es auch schon glaubte. Ein Trugschluss, den sie irgendwann einmal bitter bereuen würde.

Friedrich hatte zwei Wochen als Begleitperson bei einer Jugendfreizeit fungiert. Er war immer noch wild entschlossen, Oberstudienrat zu werden, und hierfür brauchte er so viele Zusatzleistungen für seine Personalakte, wie nur irgendwie möglich war. Im nächsten Jahr, wenn er seine Referendarzeit erfolgreich abgeschlossen hatte, wollte er eine Theatergruppe gründen. Aber nicht irgendeine, sondern es sollten Stücke in englischer Sprache aufgeführt werden. Das gab es am hiesigen Gymnasium noch nicht und die Schulleitung war begeistert von dieser Idee. Eigentlich hatte er die Zeit bis zu seiner Pensionierung schon im Voraus verplant und würde auch keinen Zentimeter davon abweichen, dazu war er viel zu ehrgeizig.

Evelyn bereitete sich auf ihren Abschluss vor, lernte fleißig für die verschiedenen Klausuren und Prüfungen und im nächsten Frühjahr war es dann auch für sie so weit. Sie hatte ihr Staatsexamen in der Tasche und war frischgebackene Lehrerin der Unterstufe am hiesigen Gymnasium. Sie hatte sich gleich im Januar um eine Stelle beworben. Friedrich hatte ihr im Vertrauen erzählt, dass zwei Kolleginnen aus Altersgründen aufhören wollten. Mittlerweile hatte auch er begriffen, dass sie es beruflich auch zu etwas bringen wollte und nicht nur als Hausfrau und Gastgeberin, wenn denn mal Gäste kamen, fungieren wollte. Das Thema Abbrechen hatten sie nach endlosen Diskussionen, bei denen Evelyn von ihrem Standpunkt kein bisschen abwich, endgültig begraben. Nachdem er eingesehen hatte, dass sie wohl in dieser Sache stur bleiben würde, half er ihr bei den Prüfungsvorbereitungen, wo er nur konnte. Jetzt war auch er stolz auf ihren ausgezeichneten Abschluss, zu dem er schließlich auch beigetragen hatte. Sie unterrichtete die Fächer Chemie und Physik, eigentlich waren das nicht unbedingt ihre Lieblingsfächer gewesen. Aber nachdem sie sich einmal damit gründlich befasst hatte, kam sie von diesen interessanten Stoffen nicht mehr los und steigerte sich richtig in die Materie hinein. Sie war fasziniert von dieser Wissenschaft, den ganzen vielseitigen Formeln und Experimenten, die immer wieder ein anderes Ergebnis zeigen konnten. Sie vermittelte den Stoff ihren Schülern so anschaulich, dass bald jeder der einzelnen Kids genauso begeistert war wie sie. Sogar die ständigen Unruhestifter in der Klasse arbeiteten fleißig mit und vergaßen ihre Frechheiten. Ihre Schüler hatten alle gute Noten und die Eltern und die Schulleitung waren ausgesprochen froh damit. Außerdem war das ein Thema, was Friedrich nicht sonderlich gut beherrschte. Er hatte sich seinerzeit für Englisch und Mathematik entschieden. Seite an Seite, symbolisch formuliert, unterrichteten sie nun an der gleichen Schule. Jetzt kam auch das Thema Heirat wieder auf den Stundenplan. Sie hatten gesicherte Einkommen und es machte auf jeden Fall einen besseren Eindruck, als Ehepaar den jungen Leuten ein Vorbild zu sein. Auch Evelyn war nicht mehr abgeneigt, Frau Erdmann zu werden. Sie liebte Friedrich und es gehörte schließlich dazu. Außerdem würde sich außer der Steuerklasse sowieso nichts ändern. Das erste Wochenende der Sommerferien wurde als Termin ausgesucht. Friedrich hatte diesmal keine Verpflichtungen übernommen, so konnten sie anschließend ein paar Tage Urlaub, ihre

Hochzeitsreise, genießen. Evelyn trug ein schlichtes Kostüm aus beigefarbener Seide, Friedrich hatte es mit ausgesucht und ihre Mutter hatte es bezahlt. Er trug seinen obligatorischen dunklen Anzug. Auf eine kirchliche Trauung hatten sie verzichtet. Ihr nun ihr angetrauter Ehemann war nicht so für Religion und machte einen großen Bogen um Kirchen. Er hatte vermutlich seit seiner Kindheit keine mehr von innen gesehen. Die Feier wurde sehr schön, nur im engsten Familienkreis gefeiert. Friedrich hatte keine Geschwister und näheren Verwandten, seine Eltern lebten ja nicht mehr. Nach der standesamtlichen Trauung aßen sie in einem sehr feinen Restaurant zu Mittag, anschließend sollte es Kaffee und Kuchen geben. Am nächsten Morgen wollte das frisch vermählte Paar die Reise in den Bayerischen Wald antreten, wo Vater Stein in einer kleinen Pension ein Zimmer gebucht und bezahlt hatte. Als Hochzeitsgeschenk. Evelyns Patentante, eine energische und lebhafte Person, sehr wohlhabend und ständig auf Reisen, hatte einen kurzen Zwischenstopp eingelegt, um bei der Hochzeit ihres Patenkindes anwesend zu sein. Evelyn kannte Ruth schon ihr ganzes Leben und sie war genau wie ihre verstorbene Oma ihre Vertraute. Sonja, ihre Mutter und Sofia, Ruths Mutter, waren eng befreundet gewesen. Als Teenager hatte Ruth öfters auf die kleine Evelyn aufgepasst, so ergab es sich, dass sie als Taufpatin ausgewählt wurde. Sie hatte auch ein großzügiges Geldgeschenk gemacht für beide, Evelyn aber noch ein Extrataschengeld zugesteckt. Aber irgendwie kamen Friedrich und sie nicht so richtig miteinander zurecht. Ruth hatte gleich durchschaut, was der Ehemann von Evelyn für ein Mensch war. Einer, der alles unter Kontrolle haben wollte, angefangen bei seiner Frau. Ein Typ Charakter, den sie aus tiefster Seele verabscheute. Er versuchte, sich auch bei ihr einzuschmeicheln mit charmanten Komplimenten, netten Plaudereien. Aber sie ließ sich nicht so leicht um den Finger wickeln, wie er es bei Evelyns Mutter geschafft hatte. Sie hatte auf ihren Reisen viele Menschen aller möglicher Nationen und Herkunft kennengelernt und konnte ihn gleich auf den ersten Blick als selbstgefälligen, egoistischen und heuchlerischen Kerl einschätzen. Obwohl er ihr nichts getan hatte, spürte sie Abscheu gegen dieses aufgeblasene und von sich überzeugte männliche Exemplar. In einer ruhigen Minute, als sie Evelyn einmal für sich hatte, versuchte sie auch ganz vorsichtig und behutsam mit sorgfältig ausgewählten Worten sie davon zu überzeugen, mit was für einer Sorte Mensch sie sich da eingelassen hatte.

»Weißt du, mein Schatz, ich wünsche dir von ganzem Herzen alles erdenklich Liebe und dass deine Zukunft so strahlend wird, wie du heute aussiehst. Aber dieser Mensch wird dir immer wieder wehtun. Nicht körperlich, dazu ist er zu feige, aber seelisch. Ich habe in meinem Leben schon zu viele Friedrichs gesehen und erlebt. Die auf der einen Seite höflich, charmant und wohlerzogen sind, wenn alles nach ihrem Willen geht und immer in Gegenwart von anderen. Aber die Kehrseite der Medaille ist Boshaftigkeit, Hinterhältigkeit, Scheinheiligkeit, totale Kontrolle über deine Person und dein Leben. Lass dich nicht unterkriegen oder völlig kaputtmachen. Versuche, du selbst zu bleiben, und wenn es ganz schlimm wird, komme einfach zu mir. Bei mir bist du jederzeit willkommen. Oder ich komme zu dir und dann waschen wir ihm ganz gehörig den Kopf. Ich bin nicht so leichtgläubig wie deine Mutter, die dem Kerl beinahe aus der Hand frisst. Ich habe eine gesunde Menschenkenntnis.« Nach dieser Rede nahm sie Evelyn ganz fest in die Arme. Im Stillen nahm sie sich vor, ihrer lieben Freundin ganz gehörig den Marsch zu blasen und herauszufinden, warum sie dieser Verbindung zugestimmt hatte. Hatten denn die Eltern der Kleinen Scheuklappen aufgehabt und nicht gemerkt, was für ein Ekelpaket da in die Familie kam. Georg hätte sie wirklich eine bessere Menschenkenntnis zugetraut.

»Du hast recht, Tante Ruth, als ich Friedrich kennengelernt habe, war ich auch nicht sonderlich von ihm begeistert. Bei einer Halloween-Party hatten wir tollen Sex, aber mehr war zu Anfang nicht. Wir kannten uns ja gar nicht gut, haben uns nur ab und zu mal gesehen. Als ich zu Weihnachten zu Hause war, kam er einfach und hat mich mit einem Heiratsantrag überrumpelt. Er hatte mir kurz davor schon einmal einen Antrag gemacht, den ich aber ablehnte. Es war mir einfach viel zu früh. Die Eltern waren natürlich begeistert und so habe ich mich dann doch breitschlagen lassen.« Mit Ruth konnte sie über solche Dinge sprechen, die war nicht so spießig wie ihre Mutter.

»Er sieht zwar gut aus, hat mich aber mit vielen Äußerungen immer wieder negativ überrascht. Es gab auch einige heftige und unschöne Streitereien und ich war meilenweit davon entfernt, eine Beziehung oder ganz und gar Ehe einzugehen. Aber jetzt haben wir uns, glaube ich, zusammengerauft und führen ein harmonisches Leben. Er hat sich sehr zu seinem Vorteil geändert. Mir sogar bei den Vorbereitungen zur Abschlussprüfung geholfen, obwohl er zu Anfang vehement gegen mein Studium war. Ihm wäre am liebsten gewesen, ich hätte mich nur um ihn und unseren Haushalt gekümmert. Aber ich habe nicht jahrelang gebüffelt wie blöd, um dann alles hinzuschmeißen. Dass ich mich in diesem Punkt durchgesetzt habe, hat ihn wahrscheinlich ein bisschen beeindruckt. Denn seitdem ist unser Zusammenleben richtig harmonisch und schön. Sonst hätte ich ihn auch gar nicht geheiratet. Aber ich danke dir für deine Worte. Ich weiß, dass du es gut meinst, und werde auf mich aufpassen. Wenn es doch wieder unerträglich wird, komme ich ganz bestimmt zu dir. Versprochen.« Die Damen gingen zurück zu den Gästen und es wurde gefeiert. Aber Evelyn sollte noch sehr oft an die Worte ihrer Patentante denken.

Sie hatten für ihre Feier ein kleines Restaurant in der Innenstadt gewählt, nicht weit vom Standesamt entfernt, das sie gut zu Fuß hatten erreichen können. Die Kellnerin hatte die Tische sehr hübsch mit hellen Tischdecken und farblich abgestimmten Servietten gedeckt, dazu ein schönes Blumenarrangement aus gelben Rosen und Nelken, außerdem waren auch gelbe Rosenblätter auf den Tischen verteilt. Es machte alles einen schönen Eindruck. Nach dem Sektempfang für die wenigen Gäste, ihre Familie und ein paar Kollegen, bat das Brautpaar zu Tisch. Evelyns Vater hielt eine kurze, aber liebevolle Rede, wie das so üblich ist für den Brautvater. Es wurde auf das junge Glück angestoßen, Mutter Stein wischte sich verstohlen ein paar Tränen aus den Augen. Sie war so stolz auf ihre Tochter, die jetzt die Frau eines so gut erzogenen und charmanten Mannes war, der es in seinem Leben sicher noch sehr weit bringen würde. Dann wurde gegessen. Das Essen war sehr gut. Eine Suppe als Vorspeise, gemischten Braten mit Spätzle, zum Nachtisch einen Eisbecher mit Sahne. Alles sehr schmackhaft, aber ohne ein bisschen kulinarische Raffinesse. Ein typisches Essen eben für eine einfache Feier. Es hätte ebenso ein Geburtstag oder Kegeltreffen sein können. Als sie mit dem Chef des Restaurants den Termin ausgemacht hatten, kam dieser mit einer ganzen Seite voller toller Speisen, aber Friedrich wollte eben gemischten Braten. So wurde es dann auch bestellt. Am Nachmittag gab es dann noch Kuchen, den hatte Mutter Stein natürlich selbst gebacken, das war schließlich wesentlich günstiger als Torte aus der Konditorei und man wollte auch nicht verschwenderisch sein. Außerdem mochte Friedrich ihr Selbstgebackenes doch so gerne. Evelyn hätte sich eine kleine, aber feine Hochzeitstorte gewünscht, aber sie wurde ja nicht einmal gefragt. Als sie ganz zaghaft den Wunsch nach dieser Torte äußerte, wurde sie fast mit Gegenargumenten erschlagen. Nach dem Kaffee war der Spuk vorbei. Man trennte sich vor dem Lokal mit den allerbesten Wünschen und jeder ging in seine Richtung. Irgendwie hatte sich Evelyn ihre Hochzeit anders vorgestellt. Ein wenig romantischer und festlicher. In einem weißen Brautkleid und eine Zeremonie in der Kirche. Sie war zwar nicht so sehr religiös, dennoch wäre dies die feierliche Krönung gewesen. Aber Friedrich hatte sich dagegen entschieden. Er hatte mit der Kirche nichts am Hut. Sie hatte nicht einmal einen Brautstrauß gehabt. Auch da war Friedrich dagegen gewesen. Was brauchte sie einen Blumenstrauß, der dann doch bloß verwelkt, weil sie ja am nächsten Tag in den Urlaub fahren würden, war sein Argument. Also war es so auch ganz gut. Sie hatten eine Menge Geld gespart, ihr Vater hatte das Menü bezahlt. Geld, das sie, wie Evelyn dachte, dann in ihren Flitterwochen ausgeben konnten. Da brauchten sie dann nicht auf jeden Cent zu achten und konnten die Tage genießen.

Evelyn und Friedrich fuhren nach Hause und wurden von ihrer Vermieterin mit einem Glas Sekt begrüßt. Frau Großmaier hatte auch Platten mit allerlei Leckereien gerichtet und es wurde ein vergnüglicher Abend, bei dem es nicht nur bei einer Flasche Sekt blieb. Aber dann war es wirklich Zeit für die Nachtruhe. Sie wollten Sonntag in aller Frühe aufbrechen. Aber vor dem Sonntagmorgen kam noch die erste Nacht als frisch verheiratetes Ehepaar. Friedrich trug seine Frau, die in einen Hauch schwarzer Seide nur gehüllt war, über die Schwelle ins Schlafzimmer und sie verbrachten Stunden, in denen Friedrich seine Gattin mit Liebe und Zärtlichkeit verwöhnte. Es war eine rauschende Hochzeitsnacht, der Sekt perlte in den Gläsern, leise Musik im Hintergrund, alle Streitigkeiten und Hässlichkeiten waren vergessen. Evelyn war überglücklich und schlief mit einem glücklichen Lächeln in Friedrichs Armen ein.

Am nächsten Morgen, nach einem ausgiebigen Frühstück, die Koffer waren schon gepackt, fuhren sie bestens gelaunt los. Sie wollten bis zum Abend am Ziel sein. Das Wetter versprach schön zu werden, die Sonne schien und es war keine Wolke am Himmel zu sehen. Die Stimmung zwischen ihnen war ausgelassen und lustig. Sie hatten auf ihrer Fahrt viel Spaß. Friedrich zeigte sich von seiner besten Seite. Die ganze Strecke entlang machte er sie auf verschiedene Sehenswürdigkeiten aufmerksam und erklärte auch den geschichtlichen Hintergrund dazu. Evelyn war beeindruckt von diesem Wissen und mächtig stolz auf ihren Mann.

Die Pension, die ihr Vater ausgesucht hatte, war ganz idyllisch gelegen. Nicht so sehr groß, ein Familienbetrieb, jeder half irgendwo mit. Das Zimmer war wirklich sehr gemütlich eingerichtet, ganz im bayerischen Stil, nichts Hochmodernes. Allerdings mit Bad über den Flur. Nur ein Waschbecken mit Spiegel neben der Tür. Aber für diese paar Tage war es nicht weiter tragisch, dass sie zum Duschen oder anderem an den drei Zimmern vorbeigehen mussten, die sich noch auf ihrer Etage befanden. Dafür wurden sie mit einer grandiosen Aussicht auf die Berge von ihrem Balkon, der so groß war wie ein Badetuch, entschädigt. Es war ja nur für ein paar Nächte. Die Tage wollten sie ja sowieso damit verbringen, die Gegend zu erkunden. Nachdem sie sich in ihrem Zimmer eingerichtet, die paar Klamotten ordentlich im Schrank aufgehängt hatten, unternahmen die beiden noch einen Spaziergang und dann war es Zeit für das Abendessen. Das war mit im Angebot. Halbpension; Frühstück und Abendessen. Evelyn hatte sich umgezogen. Einen kurzen weißen Rock und eine rote Bluse mit etwas weiterem Ausschnitt, dazu ohne Strümpfe, denn erstens war es ziemlich warm und außerdem hatte sie schon etwas gebräunte Beine, die in den weißen Sandalen schön zur Geltung kamen. Auch etwas Lippenstift legte sie auf.

»Wann hast du dir denn diese aufreizende Bluse gekauft, die habe ich noch nie gesehen und sie ist auch ein bisschen gewagt, findest du nicht?« Friedrich verzog das Gesicht und konnte sich diese Bemerkung nicht verkneifen. Ein Glück waren sie im Urlaub, hier kannte sie niemand.

»Die habe ich mit Ruth eingekauft, als wir den einen Tag in der Stadt waren. Was soll daran gewagt sein? Es ist einfach nur eine schicke rote Bluse, die mir sehr gut steht, wie du zugeben musst.« Evelyn versuchte, sich ihre gute Laune nicht verderben zu lassen, und hoffte im Stillen, dass das Theater wegen ihrer Garderobe nicht schon wieder seinen Höhepunkt erreichte. Friedrich sagte nichts mehr, er wollte nicht gleich am ersten Abend ihres neuen Lebens Streit vom Zaun brechen und seine Frau sah ja wirklich hübsch aus. Er mochte eben nur nicht, dass andere Kerle sie anstarrten. Aber er hatte Glück, seine Befürchtungen waren unbegründet. Die Tische in dem kleinen Speisesaal waren nur zur Hälfte besetzt. Meistens ältere Ehepaare. Nach einem leckeren, typisch bayerischen, Abendessen genossen sie den milden Abend auf der Terrasse der Pension und ließen den ersten Urlaubstag bei einem Glas Wein ausklingen. Die nächsten Tage machten sie Ausflüge in die Umgebung. Fuhren nach Reit im Winkl, wo die berühmte Volksmusiksängerin ihr Lokal hatte, das leider an diesem Tag geschlossen hatte. Besuchten eine Ausstellung von Kristallfiguren, die zum Teil in Lebensgröße waren und Szenen aus Märchen darstellten. Sahen bei der Herstellung bizarr geformter Kerzen den Meistern über die Schulter und weil Friedrich in diesen Tagen sehr großzügig war, durfte Evelyn sich ein schönes besonderes Exemplar aussuchen. Sie fuhren mit der Seilbahn zum Horn hinauf, ein recht hoher Berg in dieser Region, und marschierten nach einer zünftigen Jause wieder runter ins Tal. Das Wetter spielte mit und es waren wirklich ausgesprochen schöne und erholsame Tage. Friedrich war bestens gelaunt, es gab nichts auszusetzen und er war auch nicht wegen nichts und niemand beleidigt, oder ließ sie, wie so oft in der Vergangenheit, links liegen. Alles in allem gelungene Flitterwochen. Evelyn war rundum glücklich und zufrieden, hoffte im Stillen, dass dieses Glücksgefühl recht lange anhalten würde.

Aber alles geht einmal zu Ende und nach zehn Tagen mussten sie ihren Heimweg antreten. Das Wetter hatte umgeschlagen, es war ziemlich kühl geworden und es regnete wie aus Kübeln. Die Heimfahrt verlief nicht ganz so schön wie die Hinreise. Der ständige Regen, der unbarmherzig gegen die Scheiben trommelte, zerrte ein bisschen an den Nerven und Friedrich musste sich sehr konzentrieren, da die Sicht durch zeitweiligen Nebel sehr schlecht war. Er fing wieder an, über alles zu nörgeln und zu maulen. Evelyn versuchte ihn mit flotter Musik aus dem Radio ein wenig aufzuheitern, aber der Versuch missglückte total.

»Kannst du keinen vernünftigen Sender suchen, muss es immer dieses amerikanische Gejaule sein? Es gibt doch auch bei uns gute Musik. Es kann doch nicht so schwer sein, und mir reicht es so langsam. Wenn du so weitermachst, ist meine Erholung bald dahin.« Aus heiterem Himmel wurde er auf einmal richtig ärgerlich. Evelyn hatte keinen blassen Schimmer, warum er jetzt so heftig reagierte. Bestimmt nicht wegen dem Song von Elvis Presley.

»Auf dieses Lied haben wir auf der Fete getanzt, wenn du dich erinnern kannst. An diesem Abend fandest du die Musik gut. Hast du jedenfalls behauptet. Ich weiß wirklich nicht, warum du jetzt so ein Theater machst. Meine Erholung ist auch bald im Eimer, wenn ich mich schon wieder wegen jeder Kleinigkeit mit dir streiten soll. Die Tage waren so schön und wir hatten doch viel Spaß miteinander. Aber ein paar Worte von dir genügen und alles ist wieder beim Alten. Es hat sich nichts geändert. Du kannst es anscheinend nicht ertragen, wenn es mir gut geht und ich gute Laune habe. Das macht dich, wie es scheint, grantig, das kannst du einfach nicht ertragen. Dass draußen schlechtes Wetter ist, dafür kann ich nichts und habe es auch nicht ausgesucht.« Evelyn war den Tränen nahe, wegen irgendwelcher Lieder, die nach drei Minuten sowieso vorbei waren, mussten sie sich schon wieder in die Haare kriegen. Am besten sagte sie gar nichts mehr, vielleicht kam er dann wieder runter von seiner schlechten Laune. Sie machte das Radio aus, soll er doch selbst etwas Passendes suchen oder pfeifen. Ihr war es mittlerweile egal. Sie drehte sich demonstrativ zur Seite und sah angestrengt aus dem Fenster. Sollte er doch vor sich hin schmollen. Bis nach Hause waren es nur noch wenige Kilometer und die würde sie auch noch durchhalten, trotz seiner schlechten Laune. Daheim würde sie erst einmal Monika anrufen und ihr alles erzählen. Das würde ein sehr langes Telefonat geben. Friedrich hatte nämlich darauf bestanden, dass ihre Freundin nicht zur Hochzeit eingeladen wurde. Er hatte ein Theater vollführt, als ob ein Schwerverbrecher aus dem Knast hatte kommen sollen. Sie hatte dann, wie so oft, nachgegeben. Evelyn lehnte ihren Kopf an die Lehne und machte sich Gedanken über ihre gemeinsame Zukunft. Sie liebte Friedrich wirklich, aber war dieser Zustand auf Dauer zu ertragen? Ständig wegen irgendwelcher Nichtigkeiten zu zanken und dann beleidigt zu sein, wenn es nicht so war, wie er wollte? Wenn sie eine andere Meinung hatte als er? Sollte wirklich immer sie diejenige sein, die alles verzieh und wieder ins Lot brachte, damit Herr Erdmann gute Laune hatte und mit ihr sprach. Damit er sie nicht ignorierte und stundenlang mit kalter Verachtung strafte. Hatte ihre Tante Ruth womöglich doch Recht mit ihrer Äußerung? Dass Friedrich erst dann zufrieden war, wenn er alle in seinem Umfeld manipulierte. Wenn sie sich ihm komplett unterordnete und keine eigene Meinung mehr besaß, wie eine Marionette. Er zog die Fäden und sie tanzte. Ging es ihm nur gut, wenn sie am Boden lag und er auf ihr herumtrampeln konnte? Bei ihren Eltern war ihm das ja fast geglückt. Ihre Mutter fraß ihm aus der Hand und himmelte ihn an, ihr Vater war nur an seinem blöden Schachspiel interessiert. Wollte sie wirklich den Rest ihres Lebens so verbringen? Es hieß doch in guten wie in schlechten Tagen, wie es die Standesbeamtin so schön formuliert hatte. Irgendwie fehlte ihr dafür aber im Moment der Glaube. Aber alles hin und her denken brachte ihr keine Erleuchtung. Sie hatte den Kerl geheiratet und musste nun ihren Weg gehen, oder saß sie ganz und gar in der Falle?

In unerfreulichem und eisigem Schweigen erreichten sie ihren Wohnort. Es hatte keine boshaften Wortspiele mehr gegeben. Evelyn hatte einfach nichts mehr gesagt. Vor ihrer Haustür lud Friedrich das Gepäck aus, stieg zurück in den Wagen und mit einem kurzen »ich muss nochmal weg« knallte er die Tür zu und brauste davon. Sie stand wie eine Statue da und konnte nur staunend dem davonfahrenden Fahrzeug nachsehen.

»Der hat ja Nerven, ich soll jetzt den ganzen Krempel allein hochtragen. Hat kein Wort davon gesagt, dass er noch woanders hinfährt. Ohne mich. Da spiele ich aber bestimmt nicht mit. Der kann seine Reisetasche allein die Treppen raufschleppen«, murmelte Evelyn. Sie öffnete die Haustür und ließ Friedrichs Gepäck im Hausflur stehen. Ihre Tasche und den Kosmetikkoffer trug sie nach oben und fing auch gleich an, alles auszupacken. Dabei brummelte sie wenig schmeichelhafte Worte in Richtung Benehmen ihres Gatten vor sich hin. Danach nahm sie ein ausgiebiges und herrlich duftendes Schaumbad und telefonierte während des Badens mit Monika. Die freute sich riesig, ihre Stimme zu hören. Evelyn erzählte alles von der Hochzeit und den Ferien. Auch ihren dummen Streit ließ sie nicht aus. Nur die Warnung ihrer Tante verschwieg sie. Davon würde sie ihr vielleicht später einmal erzählen. Denn ihre Freundin hatte fast die gleiche Meinung von ihrem Ehemann.

»Der hat sich kein bisschen geändert. Hoffentlich war das nicht der größte Fehler deines Lebens, ihn auch noch zu heiraten. Der nutzt doch deine Gefühle nur aus und trampelt darauf herum, wie es ihm Spaß macht, und du lässt dir alles bieten. Es tut mir leid, wenn ich dir das so deutlich sagen muss, aber ich glaube einfach nicht daran, dass du in deiner Ehe glücklich wirst. Nicht mit so einem egoistischen, von sich überzeugten Ekelpaket.« Monika sah die ganze Sache von einem realistischen Standpunkt aus und hatte immer wieder versucht, Evelyn von einer Heirat abzuraten. Evelyn nickte mit dem Kopf, was Monika natürlich nicht sehen konnte. Ganz im Geheimen war sie sich ihrer Sache auch nicht mehr so sicher.

»Ich habe aber auch eine Neuigkeit. Meine Bewerbung für München wurde angenommen. Ich werde nach den großen Ferien in einem Internat unterrichten. Ein supertolles Haus, wo nur Kinder der ganz reichen Leute aufgenommen werden. Das Gehalt ist astronomisch, die Lage des Hauses fantastisch. Das Anwesen ist schlossähnlich, herrlich in einem Park gelegen. Mit Stallungen, die Kinder können reiten, einem Tennisplatz für den sportlichen Ehrgeiz. Es sind nur etwa dreißig Kinder eingetragen. Das Internat ist klein, aber fein. Die Leitung stellt Lehrkräften außerdem kleine, aber richtig schicke Appartements zur Verfügung. Ich freue mich riesig auf die Großstadt, und wer weiß, vielleicht treffe ich ja meinen Traumprinzen. Es tut mir leid, dass wir uns dann nicht mehr so oft sehen können. Wir haben so viel Spaß zusammen gehabt. Ich werde auch die Wohnung kündigen, die werde ich in Zukunft nicht mehr brauchen. Die war für mich allein sowieso viel zu groß, aber ich wollte keine andere Untermieterin. Ich hoffe, dass in München alles klappt, wenn je was schieflaufen wird, ziehe ich kurzfristig zu meinen Eltern. Aber ich denke, dass ich mich gut einleben werde und auch die kleinen Monster gebändigt bekomme.« Monikas Stimme klang so fröhlich und begeistert, dass es Evelyn einen Stich versetzte, als sie von den Umzugsplänen hörte. Sie hatte von der Bewerbung gewusst, aber nicht so recht daran geglaubt, dass ihrer Freundin der Sprung zu so einem Traumjob gelingen würde. Sie war nicht neidisch, im Gegenteil. Es war nur schade, bald war niemand mehr da, der ihre Sorgen teilte und sie wieder tröstete oder auch mal schimpfte, wenn sie zu nachgiebig gewesen war. Es tat richtig weh, die Freundin zu verlieren. Sicher, sie konnten öfters mal telefonieren, aber das war lange nicht das Gleiche, wie mit ihr persönlich zu reden. Jetzt konnte Friedrich wieder einen Pluspunkt für sich verbuchen. Die Freundschaft der beiden Frauen war ihm ja immer ein Dorn im Auge gewesen, er hätte ihr den Kontakt am liebsten völlig verboten. Sie plauderten noch eine Weile und beendeten dann das Gespräch. Das Badewasser war in der Zwischenzeit auch schon empfindlich abgekühlt. Nachdem sie sich ordentlich abgetrocknet und von Kopf bis Fuß eingecremt hatte, kuschelte sie sich in ihren Bademantel. Mit einem guten Buch und einem Glas Wein machte sie es sich in ihrem Schaukelstuhl gemütlich und vergaß ihre Sorgen beim Lesen. Es war ein spannender Krimi. Sollte Friedrich doch bleiben, wo der Pfeffer wächst, sie gönnte sich einen ruhigen schönen Abend. Wenn er die Gesellschaft irgendwelcher fremden Leute der seiner Frau vorzog, bitte schön. Irgendwann fielen ihr aber trotz der Jagd nach dem Mörder die Augen zu. Die lange Rückfahrt und das heiße Bad hatten sie etwas ermüdet. Sie hörte nicht mehr, wie Friedrich im Hausflur über sein Gepäck stolperte und mit lauten Schimpftiraden die Wohnung betrat. Er warf die Tasche mit einem lauten Knall auf den Boden und schaute ins

Wohnzimmer. Natürlich pennt die schon, dachte er ärgerlich und ruckelte Evelyn unsanft aus dem Schlaf.

»Warum hast du meine Sachen nicht mit in die Wohnung genommen? Muss ich alles selber machen? Bist du dir zu fein dafür? Ich hatte noch Verschiedenes mit einem Studienkollegen zu besprechen. Deswegen konnte ich nicht gleich mit raufkommen. Ist es so schwer für dich, etwas für mich zu tun? Ist das dein ganzer Lebensinhalt, im Schaukelstuhl zu sitzen, in der einen Hand ein Glas, in der anderen irgendeinen unsinnigen Schmöker, denn ein gutes Buch habe ich noch nie in deiner Reichweite gesehen.« Bei diesen Worten hatte er seine Stimme erhoben und sie fast mit bösen Blicken durchbohrt. Evelyn war eigentlich noch gar nicht richtig wach und rieb sich verschlafen die Augen.

»Wie spät ist es denn, warum hast du mich geweckt? Nur um mir Vorwürfe zu machen und mich anzuschreien und zu beleidigen. Ich bin nicht dein Hausmädchen, das alles hinter dir wegräumt, das kannst du dir nämlich gar nicht leisten. Diesen Ton kannst du dir auch gleich wieder abgewöhnen.« Jetzt war sie wach und fauchte zurück. Obendrein hatte sie bemerkt, dass Friedrich eine Alkoholfahne hatte.

»Du hättest mir sagen können, dass du noch was zu besprechen hattest, und mich nicht so einfach auf der Straße stehen lassen. Außerdem war das der letzte Tag unserer Hochzeitsreise, wenn du dich erinnern kannst, da hätte ich mir ein bisschen mehr erwartet. Vielleicht den Abend gemeinsam ausklingen lassen und gemeinsam ein Glas Wein trinken. Den Urlaub nochmal Revue passieren lassen. Wir beide, wenn du nicht genau weißt, was gemeinsam heißt. Aber du musstest ja unbedingt noch zu wer weiß wem, keine Ahnung, ob das überhaupt stimmt, was du erzählst. Du kannst mir auf keinen Fall vorwerfen, ich würde nichts für dich tun. Im Gegenteil, ich mache alles und werde von dir wie der allerletzte Putzlappen behandelt. Immer nur darauf herumtrampeln. Es reicht mir allmählich mit deinen Staralüren. Vielleicht hätte ich dich wirklich nicht heiraten sollen. Am besten wird sein, wir gehen gleich am Montag zu einem Anwalt und beantragen die Scheidung, dann kannst du dir jemanden anders suchen, den du so scheußlich behandeln kannst. Aber so eine Person wirst du wahrscheinlich nicht so schnell finden.« Stand aus ihrem Sessel auf und verließ das Wohnzimmer. Sie konnte sich gerade noch zurückhalten, sonst wäre das Weinglas möglicherweise in seine Richtung geflogen. Die Schlafzimmertür flog mit einem lauten Krachen zu. Es war ihr völlig wurscht, dass die Uhr schon weit nach Mitternacht zeigte und die Vermieterin womöglich ihren Streit mitbekommen hatte. Sie hatte nicht damit angefangen, sie war nicht auf ihn losgegangen wie eine Furie. Es war ihr auch gleichgültig, wo Friedrich die Nacht verbrachte. Ob auf dem Sofa oder sonst wo. Ins Schlafzimmer kam er jedenfalls nicht. Sie drehte energisch den Schlüssel im Schloss herum, krabbelte in ihr Bett und zog die Decke über den Kopf. Sie wollte absolut nichts mehr hören und sehen.

Friedrich stapfte wie ein Tiger im Käfig auf und ab und hatte keine netten Gedanken im Kopf. Sein Gesicht hatte sich richtig zu einer Fratze verzogen. Ein Glück, dass seine Frau ihn nicht so sah, sie wäre zu Tode erschrocken gewesen über so viel Hass, der aus seinen Augen wie Blitze loderte.

»Das wird die blöde Kuh mir büßen, bei nächster Gelegenheit zahle ich ihr zurück, dass ich in meiner eigenen Wohnung auf dem Sofa schlafen muss«, grummelte er vor sich hin. Zog seine Schuhe aus und legte sich angezogen auf die Couch. Er war im Nu eingeschlafen, der Alkohol half dabei.

Am nächsten Morgen beim Frühstück herrschte eisige Kälte und absolute Stille zwischen den Eheleuten. Friedrich war in die Küche gekommen, Evelyn hatte alles vorbereitet wie immer. Aber er besaß nicht mal so viel Anstand oder Höflichkeit, den Morgengruß zu erwidern. Schweigend nippte Evelyn an ihrem Kaffee. Der Appetit auf ein frisches Brötchen mit der feinen Wurst, die sie aus Bayern mitgebrachte hatten, war ihr gründlich verdorben. Nach ein paar Minuten stand sie deshalb auch wieder auf und ging ins Badezimmer. Sie konnte nicht mehr mit ansehen, wie Friedrich das Frühstück in sich hineinschaufelte und so tat, als sei nichts gewesen und alles in bester Ordnung. Er hatte nur kurz gestutzt, weil seine Kaffeetasse leer war und er sich selber einschenken musste. Aber hatte keine Silbe gesagt, sondern nur mit diesem selbstgefälligen Grinsen vor sich hin gegessen. Evelyn suchte ihre Sachen zusammen und zog sich im Badezimmer an. Es war ein schöner sonniger Tag und sie würde verschiedene Arbeiten im Haushalt erledigen und noch Wäsche waschen. Solche einfachen Arbeiten waren eine gute Ablenkung. Später würde sie noch einen langen Spaziergang machen, es gab vieles, worüber sie nachdenken musste. Was ihr Gatte vorhatte, war ihr im Moment völlig egal. Sollte er vor sich hin schmollen oder einfach verschwinden. Vielleicht hatte er wieder etwas mit einem Kollegen zu besprechen. Sie würde auch kein Abendessen kochen, sollte er doch ein Butterbrot in sich reinschaufeln, ihr war es egal. Nach ein paar Tagen lautlosem Nebeneinanderherleben kam Friedrich zu der Erkenntnis, dass er mit seiner Taktik, Evelyn mit kalter Verachtung zu strafen, nicht sehr weit kam. Sie hatte sich völlig zurückgezogen und sprach nur das Nötigste mit ihm. Sie ignorierte ihn beinahe. Sie kochte nicht, sondern machte lediglich Dosen auf, und er musste irgendeinen undefinierbaren, aufgewärmten und ungenießbaren Matsch essen. Er hatte erwartet, dass sie sich für ihr Verhalten entschuldigte, großmütig wie er war, hätte er ihr auch verziehen, aber daraus wurde nichts. Im Gegenteil, sie sah fast durch ihn hindurch und verließ sogar das Zimmer, wenn er durch die Tür kam. Außerdem war sie oft nicht zu Hause oder kam viel später. Das wurmte ihn ganz gewaltig, denn sie schwieg eisern über ihre Abwesenheit. Im Schlafzimmer herrschte eisige Kälte. Sie drehte sich sofort auf die andere Seite, rutschte bis ans Ende der Matratze, wenn er sich ins Bett legte. Der Abstand zwischen ihnen war so groß, dass gut noch eine dritte Person in der Mitte hätte schlafen können. Dieser Zustand behagte ihm ganz und gar nicht. Also fing er wieder mit dem normalen Eheleben an und behandelte seine Frau nett und höflich. Streichelte ihr im Vorbeigehen mal über die Wange und tat auch sonst alles, um sie wieder für sich zu gewinnen. Evelyn blieb nichts anderes übrig, als klein beizugeben, und alles war wieder in Ordnung. Sie verbrachten den Rest der Ferien mit Spaziergängen und Ausflügen, wenn es das Wetter erlaubte. Gingen auch mal ins Kino, und es war wirklich wieder so, wie in den ersten Tagen ihrer Ehe. Alles vom Sonnenschein überstrahlt. Aber die Strahlen erreichten nur die Oberfläche, der Eispanzer um ihr Herz wurde immer gewaltiger und konnte durch diese paar Strahlen nicht geschmolzen werden. Ihre Beziehung oder, besser gesagt, ihre Ehe hatte nach dieser kurzen Zeit schon einen Riss bekommen, der wohl nicht mehr so ganz wieder zu schließen war.

So vergingen die Tage und Monate. Es waren immer Höhen und Tiefen, die Evelyn erlebte. Sie konnte gut damit umgehen, eine Gleichgültigkeit hatte sich in ihre Seele geschlichen, die ihr half, mit Friedrichs Boshaftigkeit umzugehen. Er fand in regelmäßigen Abständen einen Grund, nicht mit ihr zu reden oder sie zu übersehen, je nachdem in welcher Stimmung er sich gerade befand. Ihr Leben war eine Achterbahn, rauf und runter, immer von den Launen ihres Mannes abhängig. Und jedes Mal gab sie nach, egal aus welchem Grund er wieder einmal schmollte. Es gab nie einen wichtigen Grund, es waren lauter dumme Kleinigkeiten, die ihn manchmal fast ausrasten ließen. Einmal war das Essen versalzen, ein anderes Mal hatte sie den Computer nicht ausgeschaltet, der sich übrigens nach einer gewissen Zeit selber herunterfuhr. Dann war der Kaffee zu stark, die Milch zu kalt, die Brötchen nicht knusperig genug, seine Lieblingsmarmelade nicht auf dem Tisch. Evelyn konnte die Liste endlos lang weiterführen. Immer wieder gab sie nach und jedes Mal fiel ein Stückchen von ihrer Seele in ein schwarzes Loch und verschwand in der Dunkelheit. Ihr Lächeln wurde zurückhaltender und ihr Lachen war nur noch ab und zu in der Schule zu hören, wenn sie sich mit Kollegen unterhielt oder eine amüsante Episode im

Unterricht passiert war. Sie hatte sich sehr gut in der Schule ein-
gearbeitet und liebte ihren Job und ihre Schüler und hatte viel
Spaß mit ihnen. Es gab keinerlei Probleme, ihre Methoden waren bei den Kids und auch deren Eltern beliebt und sie wurde
respektiert. Außerdem hatte sie sich mit zwei Kolleginnen ange-
freundet, die ihr mit Rat und Tat zur Seite standen. Es war bisher
noch zu keinem unangenehmen Zwischenfall gekommen. Auch
bei der Schulleitung fiel das sehr angenehm auf und mehrmals
war sie schon gelobt worden. Vor den versammelten Kollegen,
versteht sich. Eine Tatsache, die ihr Gatte nur mit aufgesetztem
Lächeln und kalten Augen akzeptiert hatte.

Es sollte aber wieder etwas vorfallen, das Evelyn sehr nachdenklich stimmte und den Zweck ihrer Ehe sehr in Frage stellen ließ.
Sie war dicht davor, einen Termin beim Anwalt zu vereinbaren.
Es war kurz vor den Weihnachtsfeiertagen. Monika hatte an ihrer neuen Wirkungsstätte tatsächlich ihre große Liebe gefunden
und sie nun zur Verlobung eingeladen. Anscheinend meinte sie
es diesmal wirklich sehr ernst. Sie zeigte Friedrich die Karte,
der Termin war für den zweiten Weihnachtstag festgelegt. Die
Vorderseite der Einladung schmückte ein Bild von Monika und
ihrem Verlobten Stefan. Verliebt lächelten beide in die Kamera.
Monika saß, sehr elegant gekleidet und einen traumhaften Ring
an ihrer linken Hand, in einem Sessel. Stefan stand halb hinter
ihr und hatte eine Hand liebevoll auf ihren Arm gelegt. Es war
ein sehr schönes Bild, die beiden waren ein gutaussehendes Paar
und ihre Zuneigung füreinander ließ ihre Gesichter förmlich
erstrahlen. Ihr Bräutigam war ein sehr wohlhabender Mann,
dessen Sohn das Internat besuchte, in dem Monika ihre Anstellung hatte. Stefan war geschäftlich viel unterwegs und konnte
deshalb dem Jungen nicht die nötige Fürsorge zukommen lassen.
Die Mutter war vor einigen Jahren verstorben. Andere Familienmitglieder gab es nicht in der Nähe. Stefan wollte seinen Sohn
nicht in die Obhut seiner Großeltern, seiner Eltern, geben, da
diese zum einen in Hamburg lebten und zum anderen viel auf

Reisen waren und ihren Ruhestand genossen. Die entsprechend nötige Kohle war natürlich auch vorhanden. Stefan war fast zehn Jahre älter als Monika, aber wahrscheinlich war das gerade das Gute an dieser Beziehung. Die Reife und das Verständnis für ihre Jugend und Unbekümmertheit gaben ihr wahrscheinlich den nötigen Halt, was bei ihren sonstigen »großen Lieben« nie der Fall gewesen war. Die drei waren jetzt schon eine richtige kleine Familie. Monika war in das Haus, eine tolle Villa am Stadtrand, eingezogen und verstand sich sehr gut mit dem Kleinen, der jetzt auch nicht mehr im Internat wohnen musste, sondern wieder sein altes Zimmer zu Hause bezogen hatte. Er kam immer mit Monika heim. Sie hatte Evelyn vor kurzem einige Fotos geschickt und diese freute sich über das Glück ihrer Freundin. Wenigstens eine von beiden hatte das große Los gezogen. Aber sie hatte nicht mit so einer heftigen und gemeinen Reaktion von Friedrich gerechnet.

»Hat sie es endlich geschafft, sich einen reichen Kerl zu angeln? Lange Zeit hat sie ja nicht dafür gebraucht. Aber für Geld hat sie immer alles getan. Aber es wird bestimmt nicht lange dauern, bis dieser Stefan erkennt, was für ein Herzchen er sich da ins Haus genommen hat. Eine, die nur hinter seinem Geld und Ansehen her ist und seine gesellschaftliche Stellung haben will, weil sie außer ihrem durchschnittlichen Aussehen nichts zu bieten hat. Dann lässt er sie fallen wie eine heiße Kartoffel. Der Junge kann einem schon heute leidtun, der ist doch nur Mittel zum Zweck. Wahrscheinlich hat sie sich über das Kind an den reichen Geschäftsmann rangemacht. Schauspielern konnte sie ja schon immer gut. Du glaubst doch wohl nicht im Ernst, dass wir zu dieser Feier fahren, und dann noch zu Weihnachten, wo wir bei deinen Eltern eingeladen sind?« Seine Stimme triefte nur so vor Hohn, aber eigentlich hörte Evelyn Neid und Missgunst heraus.

»Ich möchte aber gern bei dem Fest meiner besten Freundin dabei sein und wir sind ja ständig bei meinen Leuten zum Essen eingeladen, da können wir ein Weihnachten ruhig mal auslassen. Wir können in dem großen Haus ein paar Tage Urlaub machen, vielleicht über den Jahreswechsel bleiben, das wäre sicherlich lustig und die beiden hätten auch nichts dagegen. Es gibt auch bestimmt was Gutes zum Essen, Monika hat nämlich eine Hausfrau, die kocht und den Haushalt gut versorgt. Die Gegend um München ist im Winter, wenn alles tief verschneit ist, bestimmt sehr schön. Der berühmte Weihnachtsmarkt geht auch bis nach den Feiertagen.« Evelyn versuchte sachlich zu bleiben, aber sie wusste schon jetzt mit Bestimmtheit zu sagen, dass Friedrich wieder irgendwelche Gemeinheiten überlegte, um sie daran zu hindern, nach München zu fahren. Sie sollte recht behalten.

»Ich werde auf keinen Fall fahren und erwarte von dir, dass du ebenfalls zu Hause bleibst und meine Wünsche respektierst. Wenn du dich widersetzt, müssen wir ernsthaft über unsere Zukunft reden. Ich dulde von meiner Frau keinen Widerspruch in Bezug auf meine Anordnung.« Zynisch und von oben herab waren seine Worte an sie gerichtet. Evelyn traute ihren Ohren nicht.

»Du verbietest mir, oder besser noch, du ordnest an, dass ich meine Freundin an ihrem Ehrentag nicht besuchen kann. Bist du jetzt völlig übergeschnappt? Sie durfte deinetwegen schon nicht zu unserer Hochzeit kommen und jetzt kommst du mir tatsächlich mit einem Verbot? Soll ich darüber lachen? Bin ich ein kleines Mädchen, das keinen eigenen Willen haben darf und sich nur nach den Gesetzen der Erwachsenen richten muss? Nimmst du dir da nicht ein bisschen viel vor? Du hast mir gar nichts zu verbieten oder vorzuschreiben. Du bist mein Ehemann und nicht mein Gefängniswärter, und was sollen deine Drohungen, wir müssen uns über die Zukunft unserer Ehe unterhalten. Willst du dich scheiden lassen? Nur zu, ich habe nichts dagegen, je eher, desto besser. Aber vergiss dabei nur die Tatsache nicht, niemals findest du eine Frau, eine Dumme so wie ich, die immer nachgibt und deine Starallüren erträgt. Denn die Zeit, die ich bisher in unserer kurzen Ehe mit dir verbracht habe, war alles andere als schön. Im Gegenteil, du behandelst mich in regelmäßigen Abständen wie eine Aussätzige oder Schwerverbrecherin. Man kann fast die Uhr danach stellen. Ich weiß, dass ich nicht perfekt bin, will es auch gar nicht sein, aber das bist du, weiß Gott, auch nicht. Du bist nur perfekt, wenn es um dich geht, oder in Gesellschaft. Da mimst du den lieben, gütigen Ehemann. Wenn andere dabei sind, benimmst du dich mir gegenüber, wie es eigentlich immer sein sollte, auch ohne Zuschauer. Mit Respekt und Zuneigung. Aber sonst bist du nur ein kleiner armer Wicht, der auf alle, die im Leben etwas erreicht haben, neidisch ist. Du wirst aufgefressen von deinen Komplexen und deiner Herrschsucht. Aber ich werde fahren, ob es dir passt oder nicht. Ich freue mich sogar darauf, allein zu fahren, denn dann brauche ich deinen zynischen und hochmütigen Gesichtsausdruck nicht ertragen und kann ein paar Tage Spaß haben. Du kannst dir ja in der Zwischenzeit meine Mutter um den Finger wickeln, darin hast du ja schon einige Übung und sie fällt immer wieder auf dich rein.« Sie hatte sich niemals vorstellen können, solche Worte laut auszusprechen, überhaupt so etwas zu denken. Aber es war einfach so aus ihr herausgesprudelt, wie aus einer neu entdeckten Ölquelle oder als wäre die Schleuse vom Panamakanal geöffnet worden.

Friedrich sah sie mit weit aufgerissenen Augen und völlig sprachlos an. So hatte sie noch nie mit ihm gesprochen. Seine Drohung hatte sie in keiner Weise beeindruckt und das machte ihn ausgesprochen wütend. Weil sie genau wusste, dass es Unsinn war. Er konnte ihr nichts verbieten oder vorschreiben, aber das machte die Sache nicht besser und ihn noch wütender und seine nächsten Worte waren noch gemeiner, weil sie einfach ihren Kopf durchsetzen wollte.

»Dann fahre doch zu deiner Freundin, diesem Flittchen, aber du brauchst gar nicht erst wiederzukommen. Meine Wohnungstür wird dann für dich verschlossen sein und du kannst zusehen, wo du bleibst. Am besten bleibst du dann gleich in München. Ihr beide habt ja immer gut zusammengepasst und alles geteilt. Vielleicht kann dich der reiche Verlobte dann auch gebrauchen. Denn ich werde dich in der Schule so blamieren, dass du dort auch keinen Fuß mehr auf die Erde bringst. Darauf kannst du dich verlassen, die Entscheidung liegt ganz allein bei dir!« Zornbebend, fast mit

Schaum vor dem Mund, verließ er die kleine Küche. Er hatte noch nicht einmal sein Abendbrot angerührt, was allein schon eine Seltenheit war. Normalerweise konnte er in sich reinschaufeln, was reinpasste, und auch ihre Streitigkeiten hatten ihn noch nie davon abgehalten. Evelyn war völlig fassungslos. So war ein Streit mit ihrem Mann noch nie eskaliert. Was war nur in den Kerl gefahren, sie so zu beschimpfen, zu beleidigen, wegen einer Einladung zu einer Feier ihrer Freundin, okay, er konnte Monika nicht ausstehen, war ja wohl hart an der Grenze. Sie ging doch auch überall mit hin, auch wenn es ihr manchmal schwer fiel. Die wenigen Freunde, die er hatte, waren nämlich genauso blasiert und von sich eingenommen wie er. Der Himmel allein wusste, warum. Zum Glück waren das keine Kollegen aus der Schule. Aus der Wohnung aussperren, in der Schule blamieren, was waren das für Lächerlichkeiten, die ihm da eingefallen waren. Aber das waren nur leere Drohungen. Er konnte ihr nichts vorwerfen. Zu Hause nichts und in der Schule noch weniger. Die Wohnung hatten sie nach ihrer Heirat gemeinsam gemietet und Frau Großmeier wäre bestimmt entzückt, wenn sie erfahren würde, wie Herr Erdmann seine Frau behandelt. Die hielt nämlich genauso große Stücke auf ihn wie ihre Mutter. Er hatte sie ebenso mit seinem Charme eingewickelt und bekam öfters mal dafür ein Stück Kuchen oder ein Glas Marmelade. Selbstgemacht, versteht sich. In der Schule konnte er ihr nichts anhaben. Er war kein Vorgesetzter und hatte ihr nichts zu sagen. Denn die Karriereleiter war er immer noch nicht viel höher gekommen. Wenn er je eine Intrige gegen sie inszenieren wollte, würde sie mit dem Direktor ein paar Takte reden. Im Gegenteil, sie war beliebter als er. Vielleicht war ihm das auch ein Dorn im Auge. Sehr wahrscheinlich sogar. Er wurde nämlich nur geachtet und respektiert, auch das nur oberflächlich. Aber keiner konnte ihn so richtig gut leiden oder wollte eine Freundschaft mit ihm. Er wusste das und wusste auch, dass sie das wusste.

Sie war mal wieder hin- und hergerissen. Sollte sie wirklich fahren und ihre Ehe aufs Spiel setzen? Aber da gab es im Augenblick wirklich nicht viel, was nicht mehr hätte kaputtgehen können. Sie hatte das Gefühl, dass nicht einmal ein ganzer Eimer voll Sekundenkleber den Scherbenhaufen würde kitten können, den Friedrich mit seinen bösartigen Reden innerhalb ein paar Minuten angerichtet hatte. Sollte sie wieder zurückstecken? Einen Weihnachtstag bei ihren Eltern verbringen und zusehen, wie Friedrich die Gans, die es erfahrungsgemäß gab, fast allein aufaß und das Fett rechts und links beinahe aus seinen Mundwinkeln tropfte. Er konnte Plätzchen und Stollen verdrücken, dass einem fast übel wurde nur vom Zusehen. Der Rest von allem wurde dann noch eingepackt und ihre Mutter war begeistert, dass ihr Schwiegersohn ihre Küche so gern mochte. Sollte sie ihren Mann wieder triumphieren lassen? Denn damit rechnete er ja schließlich. Dass ihr Streit ausging wie immer, mit vielen Pluspunkten auf seinem Konto. Diesmal ist er meilenweit zu weit gegangen. »Ich werde mir gleich morgen eine Fahrkarte kaufen. Wenn er es so haben will, bitte schön. Ich muss mir nicht drohen lassen. Außerdem kaufe ich mir ein tolles Kleid und gehe zum besten Friseur der Stadt«, murmelte Evelyn vor sich hin. Sie straffte die Schultern und fing an, die Küche aufzuräumen. Gegessen hatte sie auch nichts mehr, ihr Appetit war gründlich vergangen.

Friedrich saß unterdessen im Wohnzimmer und lauerte auf das Erscheinen seiner Gattin. Es erweckte beinahe den Eindruck, als warte eine Spinne darauf, dass sich ihr Opfer im Netz verfängt. Er würde ihr nochmal gehörig die Meinung sagen und den Kontakt mit Monika vollkommen verbieten. Diese Person hatte nie einen guten Einfluss auf Evelyn ausgeübt. Im Gegenteil, er war sogar der festen Überzeugung, dass sie seine Frau immer gegen ihn aufgestachelt hatte. Er hatte mal ein Gespräch zwischen den beiden belauscht und ein paar Wortfetzen aufgeschnappt, die ihm seine Vermutung bestätigten. Dem würde er jetzt ein für alle Mal einen Riegel vorschieben. Das mit der Schule war ein unüberlegter Bluff gewesen, da konnte er nichts ausrichten. Evelyn war eine gute Lehrerin. Außerdem würde das auch kein gutes Licht auf ihn werfen, wenn er seine eigene Frau anschwärzte. Dieses Thema würde er nicht nochmal erwähnen. Er würde möglicherweise die Gesprächstaktik ändern müssen und sich aufs Bitten verlegen. Das zog immer bei ihr. Er hatte sich die Sätze schon zurechtgelegt.

Aber Evelyn tat ihm den Gefallen nicht. Sie wollte auf keinen Fall eine weitere Diskussion, sie konnte ihn im Moment nicht einmal ertragen und verzog sich mit einem Buch ins Schlafzimmer. Eine andere Ausweichmöglichkeit hatte sie ja nicht. Ins Wohnzimmer wollte sie nicht, das dritte Zimmer war als Büro eingerichtet und kein Platz, um gemütlich zu lesen oder einfach den Gedanken nachhängen. Sie kuschelte sich in ihr Bett und schlug das Buch auf. Aber ihre Gedanken wirbelten so heftig durcheinander, dass sie sich nicht auf den Text konzentrieren konnte. Was war in ihrer kurzen Ehe schiefgelaufen oder war es von Anfang an so gewesen, dass Friedrich nur eine Dumme gesucht hatte, die für ihn sorgte? Nebenbei auch Geliebte und Ehefrau war, die man nach Lust und Laune oder Belieben schlecht behandeln und schikanieren konnte. Bei Bedarf auch bedrohen durfte. So etwas war doch bestimmt nicht die Regel in einer Ehe. Jedenfalls hatte sie von ihrem Vater nie ein böses oder gemeines Wort gegen ihre Mutter gehört.

Wo war die Zärtlichkeit geblieben, die am Anfang ihrer Beziehung noch eine große Rolle gespielt hatte?

Wo waren ihre Gemeinsamkeiten geblieben, die für schöne Stunde gesorgt hatten?

Wo war ihre Liebe geblieben, die sie am Anfang so vehement verteidigt hatte? War wirklich alles weg, zerplatzt wie ein Luftballon, der an einem Rosendorn hängengeblieben war?

Oder hatte es diese Gefühle nie wirklich gegeben? War sie einem Trugschluss erlegen, hatte sich alles nur eingeredet, immer alles nur schön zurecht gedacht? Sie hatte auf diese Fragen keine Antwort.

War das das Ende einer Beziehung, die von Anfang an unter keinem guten Stern gestanden hatte?

Sollte Tante Ruth wirklich Recht behalten mit ihrer Prognose, dass Friedrich ein Mensch ist, der andere verletzt und nur ausnutzt, wenn es nicht so geht, wie er will. Sie hätte gerade in diesem Moment gern den Rat ihrer Tante gehört, einer klugen Frau, die so viel Lebenserfahrung besaß. Sie hätte aber auch jetzt gern mit Monika gesprochen und sogar deren Schimpftiraden über Friedrich in Kauf genommen. Aber sie hatte im Moment niemanden, dem sie sich anvertrauen konnte. Sie stand völlig allein da und musste diese Zwickmühle, in der sie sich im Augenblick befand, allein auflösen. Ihre Mutter brauchte sie erst gar nicht mit diesen Dingen behelligen. Die stand sowieso voll und ganz auf der Seite von Friedrich und entschuldigte alles, was er so vorbrachte. Eine Ehefrau tut das, was ihr Ehemann sagt oder will, Punkt. Schlimmere Ansichten als damals im Mittelalter. Evelyn steckte seelisch in einem fürchterlichen Dilemma und konnte keinen klaren Gedanken mehr fassen. Sie legte ihr Buch auf die Seite und ließ sich erschöpft in die Kissen sinken. Eine Nacht drüber schlafen, vielleicht sieht morgen alles wieder ganz anders aus, so hoffte sie jedenfalls. Aber an Schlaf war nicht zu denken. Ruhelos wälzte sie sich von einer Seite auf die andere. Erst Stunden später fiel sie in einen unruhigen Schlaf, der aber von heftigen Albträumen begleitet wurde.

Aber der nächste Morgen brachte ihr auch keinen Gedankenblitz. Das Bett neben ihr war unberührt, sie hatte nichts anderes erwartet und erhofft. Ihr Mann hatte dann wahrscheinlich im Wohnzimmer genächtigt. Schwerfällig erhob sie sich und ging ins Bad. Das Bild, das ihr der Spiegel von ihrem Gesicht zeigte, war nicht sehr berauschend. Völlig übermüdet und tiefe Schatten unter den Augen. Heute war der erste Ferientag, zwei Tage vor dem Fest. Sie brauchte sich also nicht zu beeilen. Nach ihrem morgendlichen Ritual, heute mit etwas mehr Make-up und Rouge als sonst, sah sie ins Wohnzimmer. Aber da war Friedrich auch nicht. Es sah auch nicht so aus, als hätte er auf dem Sofa geschlafen. Es sah nämlich alles aufgeräumt und ordentlich aus. Nicht sein Stil, normalerweise musste sie ihm alles hinterherräumen. In der Küche das gleiche Bild. Auch keine Menschenseele. Sie bereitete sich nur einen Tee zu und knabberte an einem trockenen Keks. Sie hatte immer noch keinen Hunger. Aber nach den ersten Schlucken kamen ihre Lebensgeister so langsam wieder zurück. Sie würde in die Stadt fahren, den Friseur besuchen und sich was zum Anziehen kaufen. Danach direkt zum Bahnhof. Sie hatte sich für die Reise nach München entschieden. Allein! Friedrich wollte es nicht anders. Sie setzte ihren Plan sofort in die Tat um und machte sich auf den Weg in die Stadt. Beim Friseur hatte sie Glück und kam gleich an die Reihe. Die Haare fielen der Schere zum Opfer und mit einer schicken Pagenfrisur einschließlich ein paar Strähnchen verließ sie den Salon. In einer tollen Boutique kaufte sie ein sündhaft teures, aber traumhaft schönes Ensemble, bestehend aus Kleid, Rock und Blazer. Gleich ein paar passende Oberteile dazu. So war sie für Münchens Schickeria bestens gerüstet. Auf dem Weg zum Bahnhof kam sie an einer Parfümerie vorbei, in der sie ihr Konto noch um einiges erleichterte. Ein neues Parfüm und Lippenstift, außerdem den passenden Nagellack. Diese Einkäufe taten ihrem Selbstbewusstsein sehr gut, obwohl Friedrich wegen der Kosmetik wieder einen Anfall bekommen würde. Aber das war ihr völlig wurscht. So viel Geld, wie an diesem Vormittag, hatte sie noch nie in ihrem Leben auf einmal ausgegeben. Selbst, als sie noch allein für sich verantwortlich gewesen war, hatte sie lange überlegt, ob sie dieses oder jenes wirklich brauchte. Spontane Einkäufe waren so gut wie nie vorgekommen. Monika war da immer etwas impulsiver gewesen. Aber nach dieser Aktion fühlte sie sich so wohl und unbeschwert, wie schon lange nicht mehr. Keiner hatte bei der Wahl ihres Kleides genörgelt. Keiner das Gesicht wegen ein bisschen Schminke verzogen. Aber das Wichtigste für sie war, sie fühlte sich als Frau, und die neue Frisur stand ihr ausgesprochen gut. Unterwegs besorgte sie noch Weihnachtsgeschenke, sogar für ihren Mann fand sie einen eleganten Pullover, obwohl er den nun wirklich nicht verdient hatte. Kaufte noch ein paar Lebensmittel ein und mit einigen Tüten beladen, kam sie wieder heim. Es war mittlerweile später Nachmittag und dunkelte bereits, als sie die Wohnung betrat. Aber der Herr des Hauses war immer noch nicht da oder schon wieder weg, denn die Wohnung war leer. Sie machte Licht und stellte ihre Einkäufe in der Küche ab. Die Tüten mit den Klamotten trug sie ins Schlafzimmer und hängte alles auf Bügel in den Schrank. Falls Friedrich plötzlich nach Hause kam, musste ihm das nicht gleich ins Auge fallen. Die Lebensmittel verstaute sie im Kühlschrank und dann begann sie, die Geschenke zu verpacken. Sie würde morgen nach München fahren und deshalb alles jetzt noch richten. Sie hatte das Wohnzimmer schon weihnachtlich dekoriert und legte die Päckchen unter den hübsch geschmückten Strauß aus Tannenzweigen. Einen Baum aufzustellen, dafür fehlte der Platz. Sie hatte für Friedrich noch eine CD mit klassischer Musik und ein neues Rasierwasser gekauft. Nach ungefähr drei Stunden war alles so weit fertig und sie verspürte etwas Hunger. Sie hatte zwar in der Stadt auf dem Weihnachtsmarkt eine Kleinigkeit gegessen, aber das war schon lange her. Von Friedrich war immer noch nichts zu sehen. Sie hatte auch keine Nachricht auf dem Anrufbeantworter oder Handy. Auch gut, wenn er es auf die Spitze treiben wollte, ihr sollte es recht sein. Er war im Unrecht und sie machte sich keine Sorgen um ihn. Sicher war er bei irgendeinem Studienkollegen untergekrochen, dem er jetzt die Ohren volllaberte. Nach einem schnellen Abendessen wählte sie die Telefonnummer ihrer Eltern. Sie wollte ihrer Mutter von Monika und München erzählen. Aber Frau Stein fiel sofort über Evelyn her und bombardierte sie mit Vorwürfen.

»Wie kannst du nur so grausam und herzlos sein, deinen Mann an Weihnachten allein zu lassen. Er ist seit gestern Abend bei uns und ist völlig verzweifelt. Ein Mann, der dich liebt und alles für dich tut. Du bist so undankbar ihm gegenüber. Ich kann nicht verstehen, wie sehr du dich zu deinem Nachteil verändert hast. Wie kann dir deine Freundin wichtiger sein als dein Mann, so etwas kann ich wirklich nicht verstehen. Du solltest ganz schnell herkommen und dich bei ihm entschuldigen. Er wird dir ganz bestimmt verzeihen und es wird doch noch ein schönes Weihnachtsfest«, die Stimme ihrer Mutter überschlug sich fast.

»Ach, mein lieber Gatte hat sich also bei euch eingenistet und erzählt seine zurechtgebastelten Märchen. Wo hätte er auch sonst hinsollen? Nur bei dir findet er einen gedeckten Tisch und ein offenes Ohr für seine Geschichten. Hat er dir erzählt, dass er mir gedroht hat, mich nicht mehr in die Wohnung zu lassen und in der Schule fertig zu machen, wenn ich fahre. Hat er dir erzählt, dass er mir verboten hat«, sie betonte diese Worte ausdrücklich, »zu fahren und großspurig verkündet hat, er duldet keinen Widerspruch. Er hat mich behandelt wie seine Leibeigene. Findest du das richtig? In einer Ehe und Partnerschaft Verbote aufzustellen, wie in einer Unterrichtsklasse, wo die Schüler eine Strafarbeit aufgebrummt bekommen, wenn sie was angestellt haben. Dein geliebter Schwiegersohn führt sich auf, als hätte ich den dritten Weltkrieg verursacht. Wegen einer Einladung zur Verlobungsparty von Monika. Ich finde das nicht gut und muss mich für nichts entschuldigen. Ob er mir verzeiht, ist mir eigentlich auch gleichgültig, weil es nichts zu verzeihen gibt. Wenn er weiterhin beleidigt sein will, weil ich eine eigene Meinung habe, soll er machen, wie er will. Er kann ja bei euch bleiben, dann bleibt von deinem Essen wenigstens nichts übrig. Ich fahre morgen nach München und wünsche dir und Papa fröhliche Weihnachten. Du kannst ja dem so vernachlässigten Mann deiner Tochter eine Tasse heiße Schokolade später ans Bett bringen, damit er gut schlafen kann.« Nach diesen Worten legte sie auf. Sie wollte ihrer Mutter keine Möglichkeit für weitere Vorwürfe geben. Aber es war ja eigentlich vorauszusehen gewesen, dass ihre Mutter zu Friedrich halten würde. Wer weiß, was der ihr alles erzählt hatte, die Wahrheit mit Sicherheit nicht, denn die hätte ihn in keinem besonders hellen Licht erscheinen lassen. Aber das war jetzt auch nicht mehr wichtig. Sie hatte die Schnauze gestrichen voll von diesem ewigen Hin und Her. Sie freute sich auf ihre Fahrt und ein paar schöne Tage mit ihrer Freundin. Wenn Monika nichts dagegen hätte, würde sie bis nach Silvester bleiben. Evelyn holte ihren Koffer vom Kleiderschrank und fing mit dem Packen an. Dann konnte sie morgen ganz gemütlich und entspannt frühstücken und hatte keine Eile oder Hetzerei. Nachdem sie alles eingepackt hatte, die restlichen Toilettenartikel würde sie morgen früh verstauen, ließ sie sich ein Wasser ein und genoss ausgiebig ein herrlich duftendes Schaumbad. Sie verbannte sämtliche Gedanken an Friedrich oder ihre Mutter aus ihrem Kopf. Eine wunderbare und entspannende Ruhe umgab sie. Später sah sie sich im Fernsehen noch eine weihnachtliche Musiksendung an, sang ein paar Weihnachtslieder mit und ging mit einem zufriedenen Lächeln ins Bett. Sie schlief auch gleich ein.

Evelyn erwachte am nächsten Morgen mit einer Vorfreude auf die nächsten Tage. Ein Gefühl, wie sie es niemals zuvor gespürt hatte. Sie sprang aus dem Bett, räumte alles sorgfältig auf und machte sich dann, nach einem kurzen Besuch im Bad, ein üppiges Frühstück. Nach der letzten Tasse Tee, Kaffee aufzubrühen war ihr heute Morgen zu umständlich, brachte sie auch die Küche wieder in Ordnung. Keiner sollte ihr nachsagen, sie hätte die Wohnung in einem chaotischen, unordentlichen Zustand verlassen. Sie ging anschließend ins Bad und machte sich sorgfältig zurecht. Die Frisur musste sie nur noch mit dem Lockenstab ein wenig auffrischen und ein ganz dezentes Make-up vervollständigte ihr Aussehen. Sie hatte sich für ihren dunkelblauen Hosenanzug entschieden, dazu einen hellen Pullover. Die restlichen Utensilien waren schnell verstaut und dann der Koffer verschlossen. Sie überprüfte nochmal sorgfältig den Inhalt ihrer Handtasche. Fahrkarte, Kreditkarte, Ausweis, Geldbeutel waren da, außerdem der andere Krimskrams, der einfach in eine Damenhandtasche gehörte. Ein Blick auf die Uhr sagte, dass sie noch eine Stunde Zeit hatte, bevor sie zum Bahnhof fahren musste. Im Flur starrte sie auf das Telefon und überlegte, ob sie doch nochmal bei ihren Eltern anrufen und kurz mit Friedrich sprechen sollte. Ganz ohne Gruß wegzufahren, mochte sie auch nicht. Es konnte so viel passieren und wer weiß? Sie wählte und nach zweimal Läuten am anderen Ende war wieder ihre Mutter an der Strippe.

»Bist du endlich zur Vernunft gekommen und kommst zu uns, um dich mit deinem Mann auszusprechen und zu entschuldigen?«, wurde sie gleich praktisch überfallen.

»Dir auch einen guten Morgen. Ich wollte nur sagen, dass ich jetzt demnächst zum Bahnhof fahre. Ich muss mich nicht bei Friedrich entschuldigen oder um gut Wetter bitten, das habe ich dir schon gestern erklärt. Richte ihm bitte einen schönen Gruß aus, wenn er mich sprechen möchte, er hat meine Handynummer.« Es hatte keinen Sinn, mit ihrer Mutter vernünftig reden zu wollen. Die stand auf Friedrichs Seite und hatte ihre Meinung. Er war doch so ein liebenswerter junger Mann, immer höflich und zuvorkommend, die Meinung ihrer Mutter. Anscheinend durfte jeder seine Meinung haben und vertreten, nur sie selber nicht. Sie wurde von allen bevormundet und kritisiert.

Aber sie ließ sich dadurch nicht die gute Laune und Vorfreude auf die kommenden Tage verderben. Das Taxi kam und eine gute Stunde später saß sie im Zug nach München, auf dem Weg in ein Abenteuer.

Friedrich war nach dem Streit mit Evelyn den gleichen Abend noch zu ihren Eltern gefahren, als er merkte, dass sie nicht mehr zu ihm ins Wohnzimmer kommen würde. Das hatte ihn noch mehr erzürnt. Seine Schwiegereltern waren nicht begeistert vom Verhalten ihrer Tochter, nachdem er den Streit fast Wort für Wort wiedergegeben hatte. Natürlich hatte er einige Passagen ausgelassen, dafür andere besonders ausgeschmückt. Er stand da als armer und verlassener Ehemann, fast den Tränen nahe, der die Feiertage ohne seine Frau verbringen musste, da diese ja nur ihr Vergnügen im Kopf hatte. Frau Stein war gerührt, dass Friedrich in seinem vermeintlichen Schmerz den Weg zu ihnen gefunden hatte, und bot ihm sogleich Essen und ein Bett an. Zufrieden mit sich verschlang der arme Junge die Brote, die ihm vorgesetzt wurden. Es war ein kluger Schachzug gewesen, hierherzukommen. Sollte Evelyn ruhig ein schlechtes Gewissen haben, sie hatte diese Strafe verdient. Großmütig wie er nun mal war, würde er morgen wieder nach Hause fahren, aber sie noch zappeln lassen. Er war felsenfest davon überzeugt, dass sie nicht ohne ihn fahren würde. Sie hatte nur eine kleine Meuterei versucht, würde sich aber bestimmt nicht gegen seine Androhungen stellen und bei ihm daheimbleiben. Sie hatte bisher immer nachgegeben und würde sich auch diesmal reumütig bei ihm entschuldigen.

Am nächsten Vormittag, nach einem üppigen Frühstück versteht sich, fuhr er zur Wohnung und sah gerade, wie Evelyn aus dem Haus kam. Sie machte einen richtig beschwingten Eindruck, gar nicht niedergeschlagen, wie er eigentlich angenommen hatte. Wahrscheinlich fährt sie jetzt zu ihren Eltern, weil sie denkt, dass ich dort bin, und will mich sehen, dachte er bei sich und folgte dem Bus, den sie bestiegen hatte, in sicherem Abstand. Aber sie verpasste die Haltestelle und fuhr in die Stadt. Auch hier folgte er ihr unauffällig. Sah, wie sie in dem Frisiersalon verschwand. Ewig später, er hatte einen guten Parkplatz gefunden und alles genau im Blick. Sah, wie sie mit völlig neuer Frisur in eine Boutique ging und mit Tüten beladen in Richtung Bahnhof unterwegs war. Er konnte es nicht fassen, sie kaufte sich tatsächlich eine Fahrkarte, aß an einem Würstchenstand etwas und fuhr dann mit dem Bus wieder heim. Er hatte vermutet, dass sie ihn vielleicht mit einem Weihnachtsgeschenk überraschen wollte, damit er nicht mehr böse auf sie war. Aber sie hatte wirklich die Courage, sich ihm zu widersetzen und einfach abzuhauen. Ein unglaubliches Verhalten ihm gegenüber. Ihn einfach allein zu lassen. Er war so davon überzeugt, dass Evelyn an allem Schuld war und ihn provoziert hatte, dass er in eine Kneipe ging und kurz hintereinander einige Drinks kippte. Diesen Ärger musste er einfach runterspülen. Fast betrunken kam er wieder bei seinen Schwiegereltern an. So besoffen wie der war, hätte ihn die

Polizei in eine Ausnüchterungszelle mitgenommen, wenn sie ihn denn erwischt hätten. Evelyns Vater erkannte sofort, was mit ihm los war, und packte den vor sich hin schimpfenden Friedrich ins Bett. Er wollte seiner Frau den Anblick und auch die Schimpftiraden ersparen. Er war auch überzeugt davon, dass nicht alles so abgelaufen war, wie der Junge die Angelegenheit dargestellt hatte. Aus vereinzelten Gesprächen in der Vergangenheit hatte Friedrich immer alles auf Evelyn geschoben. Er kannte seine Tochter aber schließlich auch ganz genau. Außerdem wäre bestimmt nichts dabei gewesen, wenn die beiden sich ein paar schöne Tage in München bei Monika gemacht hätten. Die beiden Mädchen waren schließlich schon sehr lange befreundet und sein Schwiegersohn hatte nicht das Recht, sich dazwischen zu stellen. Er war gespannt, wie die ganze Geschichte ausgehen würde, und würde auf jeden Fall ein ernsthaftes Tochter-Vater-Gespräch führen, sobald Evelyn wieder im Lande war. Er nahm jedenfalls stark an, dass sie wieder heimkam. Ihn beschlich nämlich so langsam das untrügliche Gefühl, dass bei den beiden einiges nicht mehr stimmte, und zwar seit geraumer Zeit schon.

Am frühen Nachmittag rollte der Zug gemächlich in den Bahnhof von München ein. Evelyn hatte die Fahrt genossen. Die vorbeiziehende Landschaft sah aus wie eine verzauberte Märchenlandschaft, je weiter sie in Richtung Bayern kamen. Alles schneeweiß, wie mit Puderzucker bestäubt. Es hatte schon seit Tagen ordentlich geschneit und auf den Ästen der Tannen, die nicht weit von den Gleisen entfernt die Strecke säumten, glitzerten Eiszapfen wie riesige kostbare Diamanten. Auf einer Lichtung hatte sie sogar ein paar Rehe ausmachen können, die sich dicht gedrängt an einer Futterkrippe die Leckerbissen holten. Sie blickten nur kurz mit ihren großen dunklen Augen in ihre Richtung, ließen sich dann aber nicht weiter stören. Sie waren wohl an den vorbeifahrenden Zug gewöhnt und hatten keine Angst. Evelyn hatte sich vom Getränkewagen einen Kaffee, der sogar für Verhältnisse in einem Zug recht gut schmeckte, gekauft und über alles nachgedacht. Über Friedrich und seine grenzenlose Abneigung gegen Monika. Sie konnte einfach nicht nachvollziehen, warum er die Freundin so verabscheute. Über ihre eigene Reise. War es das wirklich wert, alles aufs Spiel zu setzen, wegen einer Feier? Sie war immer noch der Meinung, dass ihr Gatte völlig überreagiert und einen unnötigen Aufstand geprobt hatte. Sie hätten sich gemeinsam in München ein paar schöne Tage machen können. Als Gäste von Monika hätte es nicht einmal viel Geld gekostet. Aber sie hatte auch ein wenig aus Prinzip so gehandelt, kein Ehepartner durfte dem anderen etwas verbieten oder irgendwelchen Schaden androhen. Die mittelalterliche Zeit war längst vorbei. Sollte sie je nochmal die Gelegenheit für ein Gespräch bekommen, und davon ging sie aus, würde sie Friedrich ihren Standpunkt unmissverständlich klarmachen. Aber jetzt freute sie sich erst einmal auf Monika und ihre neue Familie. Wenn sie wirklich so nett waren, würde sie sich auch gut mit ihnen verstehen.

Der Zug hielt und sobald sich die Türen öffnen ließen, war sie auch schon draußen und sah Monika auf sich zukommen, eingehüllt in einen traumhaft schönen langen Pelzmantel. Evelyn hielt nichts von Tierzüchtung, um dann anschließend die Felle zu Kleidungsstücken zu verarbeiten. Aber der Mantel war trotzdem märchenhaft schön und hatte bestimmt ein kleines Vermögen gekostet. Darüber hätte Friedrich ganz bestimmt auch furchtbar gelästert. Die beiden Frauen begrüßten sich mit einer herzlichen Umarmung und auch Stefan hieß Evelyn willkommen. Ein großer Wagen, die Marke aus Bayern versteht sich, brachte sie nach Hause, etwas außerhalb der Stadt. Evelyn war beeindruckt und sprachlos. Das Haus entpuppte sich als Jugendstilvilla mit einem großen Garten, der bestimmt fast so groß wie der Englische Garten war. Monika führte sie durch die Eingangshalle hinauf in den ersten Stock, wo ein Gästezimmer mit angrenzendem Bad für sie vorbereitet war, das beinahe so groß war wie ihre Zweizimmerwohnung daheim.

»Ich freue mich so, dass du kommen konntest und an meinem Ehrentag an meiner Seite bist. Ich bin schon ganz nervös, es werden sehr viele einflussreiche Leute dabei sein. Geschäftsfreunde von Stefan. Heute Abend, wenn wir beide allein sind, musst du mir alles von dir und deiner Ehe mit diesem Scheusal erzählen. Stefan muss nochmal weg zu irgendeiner geschäftlichen Verabredung. Dann können wir es uns richtig gemütlich machen, wie in alten Zeiten. Da haben wir auch manche Nächte durchgequatscht.« Monika sah sie lächelnd an.

»Ich habe das große Los gezogen. Stefan ist der beste Mann, der mir je begegnet ist. Kevin, sein Sohn, ist ein süßer kleiner Bengel, der zwar viel Unsinn im Kopf hat, aber niemals bösartig ist. Du wirst ihn nachher kennenlernen. Er kommt gegen sieben Uhr vom Tennisspielen. Jetzt komme mit runter, es gibt selbstgebackenen Kuchen. Nicht von mir, sondern von Elisabeth, Köchin und Hausfrau in einem. Hin und wieder auch mal eine gute Zuhörerin. Du kannst später auspacken.« Monika musste grinsen, als sie den erstaunten Blick gesehen hatte, wegen ihrer Bemerkung über den Kuchen. Denn Kochen und Backen gehörten nicht unbedingt zu ihren Lieblingshobbys. Obwohl sie sich schon eine Menge von den Kochkünsten der Hausfrau abgeschaut hatte. Sie hatte nämlich den Ehrgeiz entwickelt, Stefan einmal mit einem tollen Essen, von ihr zubereitet, zu überraschen. Arm in Arm gingen die Frauen wieder runter ins Wohnzimmer. Der Raum war riesengroß, mit kostbaren Möbeln eingerichtet, ein Feuer brannte im Kamin und verströmte wohlige Wärme. Es war auch alles hübsch weihnachtlich dekoriert. Zwei große Bodenvasen mit Tannenzweigen, die wunderschön geschmückt waren, die Farben abgestimmt auf die Einrichtung rot und golden, standen rechts und links neben dem Sofa. Der Tisch war gedeckt mit edlem Porzellan. Im Hintergrund spielte leise weihnachtliche Musik. Alles strahlte eine vornehme, kostbare Eleganz aus. Evelyn kam sich ein wenig fehl am Platz vor. Monika hingegen war hier zu Hause. Sie bewegte sich so ungezwungen, als hätte sie niemals woanders gelebt. Auch ihre Erscheinung hatte sich geändert. Sie war geschmackvoll gekleidet und dezent geschminkt. Nicht mehr so verrückt und supermodern wie noch zu der Zeit, als sie zusammengewohnt hatten. Da hätte sie des Öfteren einem farbenfrohen Paradiesvogel Konkurrenz machen können. Stefan war anscheinend die richtige Ergänzung zu Monikas Temperament.

Es wurde eine gemütliche Kaffeestunde. Monikas zukünftiger Mann war ein liebenswürdiger und charmanter Gastgeber, der amüsant und witzig Geschichten von seinen unzähligen Geschäftsreisen erzählte. Er war Bauingenieur und hatte eine Firma, die in aller Welt Brücken baute. Er sprach vier Fremdsprachen und hatte sich alles selber aufgebaut. Die Villa hatte er bei einer Zwangsversteigerung günstig erworben und nach und nach umgebaut und modernisiert. Wieder in ihre alte ursprüngliche Schönheit versetzt. Gegen sieben Uhr kam ein kleiner blonder Junge, etwa zehn Jahre alt, ins Zimmer gestürmt, noch in dicker Winterjacke und Pudelmütze, der sich auf seinen Vater stürzte und gleich seine neuesten Erlebnisse rausprudelte.

»Wir haben das Tennismatch gewonnen, wir waren viel besser als unsere Gegenspieler, die waren richtig lahme Enten.« Erst nachdem er mit ziemlich verächtlicher Stimme seine Neuigkeiten losgeworden war, bemerkte er Evelyn, die vor sich hin schmunzelte.

»Entschuldigen Sie bitte, ich wollte nicht unhöflich sein, aber ich habe Sie nicht gesehen. Mein Name ist Kevin.« Artig und wohlerzogen reichte er Evelyn die Hand und machte eine kleine Verbeugung.

»Es freut mich, deine Bekanntschaft zu machen, aber du kannst einfach Evi zu mir sagen. Ich bin schon lange mit Monika befreundet und darf die nächsten Tage hier zu Gast sein. Wir werden uns sicher immer wieder sehen. Da ist es doch viel netter und einfacher, wenn wir uns duzen. Findest du nicht?«

Kevin nickte, war aber schon wieder bei seinem Tennisspiel und erzählte seinem Vater sämtliche Einzelheiten, der auch sehr geduldig zuhörte. Nach dem Abendessen, Platten mit köstlicher

Wurst und diversen Salaten, man hatte schon vom Ansehen zwei Kilo mehr auf den Hüften, verabschiedete sich Stefan, und als auch Kevin später, müde aber glücklich, in seinem Bett lag, konnten die Freundinnen zum gemütlichen Teil übergehen. Monika hatte sich in dem riesengroßen Haus ein kleines Zimmer nett eingerichtet, in das sie sich hin und wieder zurückziehen konnte. Ein behagliches Damenzimmer mit kleinen Sesseln und Tischchen, einem eleganten Sekretär, hübschen Gardinen und einem schönen kostbaren Teppich. Eine Stehlampe und ein paar Kerzen sorgten für genügend Licht. Bei einer Flasche Wein erzählte Evelyn von den vergangenen Monaten. Sie ließ nichts aus. Es tat richtig gut, einmal einfach nur alles von der Seele zu reden, ohne dass jemand dumme oder unangebrachte Kommentare dazu abgab. Was ja die Spezialität ihrer Mutter war. Monika, die sonst um keine Antwort verlegen war, hörte nur zu. Es brach ihr fast das Herz, als sie nach und nach erfuhr, zu welch einem egoistischen, unausstehlichen Ekelpaket Friedrich mutiert war. Aber wahrscheinlich war der immer so bösartig gewesen, hatte es nur hinter einer charmanten Fassade versteckt.

»Ich möchte wirklich nicht noch mehr Öl ins Feuer gießen, wie man so schön sagt, aber du hättest die Signale vor deiner Heirat erkennen müssen. Es waren viele Kleinigkeiten, die ihn immer wieder in keinem guten Licht haben erscheinen lassen. Er hat vieles über deinen Kopf hinweg bestimmt und du warst mit allem einverstanden, auch wenn manches gegen deine Überzeugung war. Es tut mir leid, wenn ich so etwas sagen muss, aber du warst einfach zu gutgläubig und hattest eine rosarote Brille auf.« Monika hatte diese Worte mit Bedacht gewählt, sie wollte die Freundin nicht auch noch mit Vorwürfen überhäufen.

»Ich weiß, dass ich mich wahrscheinlich vorschnell zu dieser Ehe entschlossen habe. Aber ich war wirklich der Meinung, dass meine Liebe zu Friedrich so groß und echt ist und diese Bevormundungen ein Zeichen seiner Zuneigung sind. Aber ich bin mir im Moment nicht mehr sicher, was ich empfinde, und habe mich wohl gewaltig getäuscht. Er ist launisch und nachtragend, kann auch ziemlich bösartig sein.« Evelyn erzählte auch von dem Streit wegen der Einladung und warum sie allein gekommen war.

»Aber jetzt bist du an der Reihe. Wie hast du Stefan kennengelernt? Am Telefon hast du immer nur so kurze Andeutungen gemacht. So einen liebenswürdigen und gutaussehenden Mann findet man schließlich nicht an jeder Straßenecke.« Monika ließ sich nicht zweimal bitten, mit einem Strahlen in ihren Augen begann sie mit ihrer Geschichte. Alles zusammengefasst, war es Liebe auf den ersten Blick. Anscheinend gab es so etwas wirklich noch im realen Leben und nicht nur in einem Märchen. Die Freundinnen palaverten bis spät in die Nacht und erst gegen drei Uhr morgens und nach einer weiteren Flasche Wein war es wirklich Zeit, die eigenen Gemächer aufzusuchen. Sie waren beide etwas beschwipst. Stefan war irgendwann am Abend heimgekommen, hatte ins Zimmer geblickt und mit einem kurzen Gruß die Tür wieder geschlossen. Er wollte die Damen bei ihren Plaudereien nicht stören. Außerdem tat Monika der Besuch ihrer Freundin gut, sie war hier immer noch ziemlich fremd.

Evelyn verbrachte die nächsten Tage wie in einem Film. Sie bummelten durch München. Besuchten Museen, plünderten verschiedene exklusive Boutiquen. Sie protestierte, als Monika ihr einen schönen weichen Pulli, ein hübsch besticktes Trachtentuch mit Fransen und zu guter Letzt noch eine schicke Pelzkappe schenkte.

»Die brauchst du auf jeden Fall, wir machen am Heiligen Abend nämlich eine Schlittenfahrt zur Mitternachtsmesse. Um die Preise brauchst du dir keine Gedanken zu machen. Ich habe jeden Monat mein Gehalt sozusagen als Taschengeld. Außerdem macht es mir riesigen Spaß, Geschenke für dich zu kaufen.« Damit war für sie das Thema erledigt und sie lachte, als sie das verdutzte Gesicht ihrer Freundin sah.

»Ich freue mich, dass du da bist. Am liebsten würde ich dich hierbehalten. Im Internat wäre bestimmt eine Stelle für dich und wohnen könntest du bei uns. Dann müsstest du nicht mehr zu diesem Ekel fahren und er könnte in seiner Boshaftigkeit schmoren.« Evelyn konnte nicht antworten. Ein dicker Kloß steckte in ihrem Hals.

Das Weihnachtsfest verlief harmonisch. Seine Eltern waren aus Hamburg angereist. Auch Monikas Eltern wurden erwartet. Die Schlittenfahrt, die Monika erwähnt hatte, war wunderschön und der Weihnachtsgottesdienst sehr festlich. Dann kam der zweite Weihnachtsfeiertag, der Tag aller Tage. Monika war ein einziges Nervenbündel. Evelyn half ihr beim Frisieren und Anziehen, es klappte alles ganz prima. Am frühen Abend füllte sich das Haus mit Gästen, alle festlich gekleidet, so viel Eleganz und kostbaren Schmuck hatte Evelyn noch nie auf einem Haufen gesehen, die nach einem üppigen Buffet mit dem Brautpaar anstoßen wollten. Höchstens mal im Fernsehen bei einer wichtigen Preisverleihung. Stefan hatte zwei Aushilfskellner engagiert, die mit vollen Tabletts zwischen den Gästen hin und her balancierten, sodass keiner ein leeres Glas in den Händen hielt. Aus der Küche kamen immer wieder neue Platten mit Köstlichkeiten. Ein Catering-Service war für das leibliche Wohl der Gäste zuständig und die strengten sich wirklich an. Da gab es Leckerbissen, dessen Namen Evelyn nicht aussprechen konnte. Ab elf Uhr wurde getanzt. Monika war der strahlende Mittelpunkt, als sie in einer eng anliegenden, tief ausgeschnittenen silberfarbenen Robe mit ihrem Verlobten den Tanz eröffnete. Evelyn war nicht sicher, was mehr strahlte. Die Augen der Braut oder der wunderschöne Diamantring an ihrem Finger. Die beiden waren wirklich ein schönes Paar. Man sah die Verliebtheit in ihren Augen und die Zuneigung, die sie ausstrahlten. Evelyn freute sich für Monika und dachte wieder einmal über ihre eigene Situation nach. Sie war jetzt seit vier Tagen hier und hatte noch kein einziges Lebenszeichen von Friedrich bekommen. Er hatte auch nicht auf ihre SMS zu Weihnachten reagiert. Das kränkte sie gewaltig, er hätte wenigstens ihren Gruß erwidern können. Aber anscheinend war ihm auch mittlerweile jede Höflichkeit abhandengekommen. Aber sie wollte sich jetzt nicht mit trüben Gedanken die Stimmung verderben lassen. Das Fest dauerte bis in die frühen Morgenstunden. Champagner floss in Strömen und auch die leckeren Häppchen, die anscheinend nie ausgingen, fanden großen Zuspruch. Gegen fünf Uhr in der Frühe verabschiedeten sich die letzten Gäste. Eine Wagenkolonne von Taxen war vorgefahren, es konnte keiner der Leute mehr selbst fahren, ohne Angst um den Führerschein zu haben. Die Eltern hatten sich schon in die Gästezimmer zurückgezogen. Evelyn und das Brautpaar tranken noch einen letzten Schlummertrunk, bevor sie sich müde, aber glücklich in ihre Schlafgemächer begaben. Ein gelungenes Fest, eine rauschende Ballnacht. Ein Fest, das man so schnell nicht vergisst.

Der Tag nach dieser sehr gelungenen Verlobungsparty war zum Ausruhen reserviert. Zum Ausruhen deshalb, weil Evelyn und das Brautpaar erst gegen Morgen in die Federn gekommen waren. Nach einem ausgiebigen Brunch mit den dagebliebenen Gästen zog sich jeder wieder in die Zimmer zurück. Es war bereits früher Nachmittag und es schneite, was vom Himmel runterwollte. Dicke weiße Flocken tanzten vor dem Fenster. Evelyn hatte es sich in einem Sessel gemütlich gemacht und sah hinaus. Eine dicke rote Kerze im wunderbar duftenden Kranz aus Tannengrün spendete gedämpftes Licht. Der Himmel war grau verhangen und es dunkelte schon ganz langsam. Der Schnee ließ alles in einer unwirklichen Helligkeit erscheinen und es würde bestimmt noch einige Stunden weiterschneien. Sie hatte nichts von ihrem Gatten gehört. Keine Mitteilung per Handy. Kein Anruf. Auch ihre Eltern, besser gesagt, ihre Mutter hatte es nicht für nötig befunden, Monika zu gratulieren. So viel zum Thema Anstand. Eigentlich hatte sie vorgehabt, am Dienstag wieder heimzufahren, um die Silvesternacht und den Beginn des neuen Jahres mit ihrem Ehemann und eventuell auch Freunden zu verbringen. Aber mittlerweile hatte sie keine Lust, das griesgrämige Gesicht von Friedrich um sich zu haben und seine bösartigen und gehässigen Tiraden anzuhören. Auch auf das Gejammer ihrer Mutter hatte sie keine Lust. Nicht nach so schönen Tagen, die sie hier in München verbracht hatte.

Was erwartete sie daheim?

Was erwartete sie überhaupt von ihrem Mann?

Was erwartete sie überhaupt von sich selber?

Hatte sie wirklich geglaubt, ihre Ehe bliebe harmonisch und zärtlich?

Der Urlaub hätte sie eines Besseren belehren sollen. Aber dass schon nach so kurzer Zeit alles weg war, an das sie geglaubt hatte, erschreckte sie doch zunehmend. Wenn Friedrich ihr schon mit Rauswurf aus der Wohnung gedroht hatte, nur weil sie, gegen seinen Willen und ohne ihn, ihre Freundin besuchen wollte. Was kam dann als Nächstes?

Was würde er tun, wenn sie erst Anfang Januar zurückkommen würde?

Würde er die Scheidung einreichen, als Grund böswilliges Verlassen angeben?

Oder sie einsperren, jeden ihrer Schritte kontrollieren?

Rückendeckung bekam er ja von ihrer Mutter, die blies ins gleiche Horn.

Was würde er tun, wenn sie niemals mehr nach Hause kam?

Würde er einen Tobsuchtsanfall bekommen, sie von der Polizei suchen und in Handschellen abführen lassen?

Diese Gedankengänge erheiterten Evelyn keineswegs. Es war alles so schwierig und kompliziert. Sie war ja auf jeden Fall bereit, ihre Ehe weiterzuführen. Irgendwo, tief in ihrem Innern, waren noch immer Gefühle für Friedrich da, der Himmel mochte wissen, warum. Aber dazu müsste einiges geklärt und ausdiskutiert werden. Ein Pokerspieler würde sagen, die Karten werden neu gemischt. Gut und schön. Aber wäre Friedrich zu einem ausführlichen und offenen Gespräch überhaupt bereit? Sie hatte da so ihre berechtigten Zweifel. In einer ehrlichen Diskussion müsste er nämlich auch einige gravierende Fehler zugeben. Aber so etwas kam für ihn sicherlich nicht in Frage. Er hatte und machte keine Fehler. Erfahrungsgemäß würde er zerknirscht und versöhnlich reagieren. Es würde vielleicht auch ein paar Tage halten. Aber dann ginge die ganze Show wieder von vorn los. Die ewigen Nörgeleien, das kindische Schmollen. Sie völlig ignorieren. Evelyn war sich nicht mehr so ganz sicher, ob sie so etwas wollte. Die Vorstellung war nicht unbedingt berauschend, den Rest ihres Lebens jeden Tag mit einem unguten Gefühl nach Hause zu kommen, ohne zu wissen, was sie da erwartete. Immer wieder nachzugeben, die eigene Meinung in eine Schublade zu legen und nie mehr rauszunehmen. Wie ein Buch, das man gelesen hat und dann im Bücherregal ein liebloses Dasein mit vielen Exemplaren fristen lässt. Nein, dazu war sie auf keinen Fall bereit und auch viel zu jung. Evelyn straffte die Schultern und schaltete die kleine Tischlampe ein. Draußen war es inzwischen ganz dunkel geworden und das Kerzenlicht erhellte nur einen Teil vor dem Fenster. Sie würde morgen nach Hause fahren, wie geplant. Wenn sich aber Friedrich nur ein bisschen danebenbenehmen würde, wäre sie ganz schnell wieder am Bahnhof. Evelyn erhob sich und machte sich im Badezimmer noch ein wenig frisch. Legte etwas Lippenstift auf und kämmte ihre Haare. Sie trug einen schicken Hausanzug aus dunkelblauem Samt, Oberteil mit weiten Keulenärmeln und halsfernem Rollkragen. Es ging heute im Haus sowieso ruhig und leger zu, sie war deshalb passend gekleidet. Im Wohnzimmer traf sie Monika, die zusammengerollt in einem Sessel vor dem Kamin saß. Das Gesicht ein wenig blass, kaum geschminkt. Heute strahlte nur der Ring an ihrem Finger. Evelyn begrüßte die junge Braut und setzte sich ihr gegenüber. Auf einem Tischchen stand eine Thermoskanne mit heißer Schokolade und sie schenkte sich einen Becker von diesem herrlich schmeckenden Hüftgold ein.

»Wie geht es dir? Konntest du ein wenig schlafen? In unserem Alter steckt man eine durchtanzte Nacht nicht mehr so leicht weg.« Lächelnd blickte sie in die müden Augen ihrer Freundin.

»Ich habe den ganzen Nachmittag am Fenster gesessen und über meine Ehe mit Friedrich nachgedacht. Morgen fahre ich heim, aber halte bitte mein Zimmer für mich frei, vielleicht bin ich übermorgen schon wieder hier. Dann wirst du mir auch bei der Stellensuche helfen müssen. Wenn mein Gatte sich irgendwie falsch benimmt, verlasse ich ihn.« Evelyn hatte die Worte mit einem gewissen Ernst in der Stimme gesprochen und Monika war sich bewusst, dass es hier wirklich um die Zukunft ihrer Freundin ging.

»Du weißt, dass du hier auf jeden Fall willkommen bist. Wenn nötig, finden wir auch einen Job für dich. Aber glaubst du nicht, dass Friedrich in den letzten Tagen zur Besinnung gekommen ist und auch über seine Ehe und sein Verhalten nachgedacht hat? Dass er auch einiges falsch gemacht hat. Vielleicht ist er jetzt ein wenig in sich gegangen und hat festgestellt, was du ihm bedeutest. Jetzt, wo er auch gemerkt hat, dass du dir nicht mehr alles so einfach gefallen lässt und er allein war. Deine Eltern waren ja nur stundenweise Ersatz und Gesellschaft, aber sein Bett war leer und kalt.« Monika war zwar von dem, was sie gesagt hatte, nicht gerade überzeugt, wollte ihre Freundin aber auch nicht entmutigen. Männer wie Friedrich änderten sich nicht. Höchstens ins Gegenteil, wurden noch ekliger und unausstehlicher. Aber vielleicht hatte er wirklich noch eine zweite Chance verdient.

»Schade, dass du Silvester nicht mit uns verbringst. Du könntest dann mit meinen Eltern zurückfahren. Wäre auch bestimmt bequemer im Auto als in einem kalten und zugigen Abteil. Aber ich habe eine tolle Idee. Wenn du dich mit Friedrich wieder versöhnt hast, könnt ihr ja beide den Jahreswechsel bei uns verbringen. Als unsere Gäste natürlich. Wir gehen erst schön essen, dann in ein großes Hotel, wo ein tolles Programm mit Livemusik stattfinden soll. Wir haben da ein Zimmer gebucht, damit wir uns nach dem Essen umziehen können und auch später nicht mit dem Wagen heimfahren müssen. Es wird bestimmt lustig, und wenn du was zum Anziehen brauchst, kannst du ein Kleid von mir nehmen. Wir haben ja früher auch die Klamotten getauscht.« Monika hatte die Einladung ganz spontan ausgesprochen, war sich aber nicht ganz sicher, ob Friedrich sich mit Stefan vertragen würde, wenn sie denn kommen würden. Ihr Verlobter mochte keine rechthaberischen Menschen, die alle Gespräche an sich reißen, um damit im Mittelpunkt zu stehen. Evelyn bezweifelte ein wenig, ob es erstens zu einer Versöhnung kam, und zweitens, dass Friedrich mit ihr nach München fuhr, um die Silvesternacht mit ihrer Freundin und deren Bräutigam zu verbringen. Sie hatte da so ihre Bedenken. Aber der Teufel war ein Eichhörnchen und ihr Gatte hatte in der Vergangenheit mehrfach seine Meinung über irgendwelche Personen geändert. Er hängte sein Mäntelchen gern in den passenden Wind. Eine Möglichkeit war natürlich, ihn mit der Einladung zu locken. Schöne Tage zu verbringen, die ihn nichts kosten würden, war vielleicht ein durchschlagendes Argument. Aber so weit war es noch lange nicht. Bis jetzt saß sie noch im gemütlichen, warmen Wohnzimmer und nippte an ihrem Kakao. Die Freundinnen plauderten noch eine ganze Weile über alle möglichen Themen, bis es Zeit zum Abendessen war. Es waren so viele Köstlichkeiten vom Festessen übrig geblieben, die sie mit gutem Appetit vertilgten. Nichtstun macht schließlich auch hungrig. Stefans Eltern würden auch morgen Vormittag wieder fahren und verabschiedeten sich deshalb früh am Abend. Aber auch Monikas Eltern und das Brautpaar selbst hatten noch mit den Nachwehen der langen Ballnacht zu kämpfen. Gegen Mitternacht waren alle in ihren Zimmern und das Haus versank im tiefen Schlaf, eingehüllt in eine dicke Schneedecke. Am nächsten Morgen herrschte nach dem Frühstück Aufbruchstimmung. Evelyn hatte ihre paar Habseligkeiten schon eingepackt und nach einer letzten Tasse Kaffee war es für sie dann auch Zeit, zum Bahnhof zu fahren. Stefans Eltern waren schon unterwegs, sie hatten bis Hamburg eine weite Reise vor sich. Monika begleitete Evelyn bis zum Zug, hatte ihr noch einige Illustrierte mitgegeben, und nach einem sehr emotionalen Abschied und dem Versprechen, sofort wieder zu kommen, wenn etwas nicht in Ordnung wäre, saß Evelyn in ihrem Abteil und fuhr mit ziemlich gemischten Gefühlen nach Hause. Gespannt auf das, was sie dort erwartete.

Friedrich hatte die Feiertage bei seinen Schwiegereltern verbracht. Aber am zweiten Weihnachtstag war ihm auch das langweilig geworden. Sonja scharwenzelte ständig um ihn herum, »willst du was essen, was trinken, ein Stück Kuchen, den magst du doch so gern«, irgendwann ging ihm das Getue auf die Nerven. Vater Stein hatte ihn in ein langes Gespräch verwickelt und ihm auf den Kopf zugesagt, dass er nicht alles glauben würde, wie er, Friedrich, den Streit geschildert hatte.

»Weißt du, mein Junge, eine Ehe zu führen ist mit Sicherheit das komplizierteste Experiment. Es müssen beide bereit sein, dafür Kompromisse einzugehen, nicht nur einer. Ich kenne meine Tochter schon etwas länger als du und weiß genau, dass irgendwas vorgefallen sein muss, das du uns nicht erzählt hast. Sonst wäre sie niemals alleine nach München gefahren. Außerdem ist Monika ihre beste Freundin, die beiden Mädchen kennen sich schon sehr lange. Du hättest auf jeden Fall deine Frau zur Verlobungsfeier begleiten können. Man muss auch mal über seinen eigenen Schatten springen können.«

Er saß im Wohnzimmer und wartete auf Evelyn. Die Ankunftszeit des Zuges hatte er aus dem Internet rausgesucht. Die Wohnung war ordentlich aufgeräumt, normalerweise störte ihn nicht sonderlich, wenn seine Klamotten überall verteilt waren, Evelyn war schließlich da. Aber er hatte auch viel Zeit zum Nachdenken gehabt und war draufgekommen, dass er wirklich viel zu heftig reagiert hatte. Er wollte sich mit seiner Frau aussprechen und versöhnen. Er wollte nicht mehr in einem leeren und kalten Bett schlafen. Er musste wirklich anfangen, seine Gefühle etwas besser zu kontrollieren, sonst war Evelyn womöglich eines Tages ganz verschwunden. Außerdem wollte er keinesfalls so werden oder sein wie sein Vater. Friedrich fuhr zum Bahnhof, um Evelyn abzuholen. Ein erster Schritt zur Versöhnung von seiner Seite aus, und weil es bereits dunkelte und auch ziemlich nasskalt war, wollte er sie nicht allein und frierend heimkommen lassen. Evelyn war sehr überrascht, als sie die Bahnhofshalle betrat und ihren Gatten lächelnd auf sie zukommen sah. Was war das jetzt wieder für eine Masche, wollte er schon hier in aller Öffentlichkeit eine Szene machen? Innerlich gewappnet auf alles Mögliche reichte sie ihm die Hand. Er aber nahm sie in den Arm und küsste sie sanft auf die Wange. Er nahm ihr sogar die Tasche ab und führte sie untergehakt raus zum Auto. Evelyn war sprachlos und konnte nur staunen. Was war das jetzt wieder für ein Spiel, was führte er im Schilde?

»Hattest du eine angenehme Fahrt? Wie ist das Wetter in Bayern, bestimmt eine Menge Schnee? Hier ist es richtig ungemütlich, die ganzen Tage hat es nur geregnet. Am besten ist man da zu Hause im warmen Wohnzimmer aufgehoben.« Evelyn konnte diesen Stimmungsumschwung immer noch nicht glauben. Mit allem hatte sie gerechnet, nur nicht mit solcher Freundlichkeit. War es wieder nur eine Heuchelei? Während der Fahrt plapperte er ohne Pause von allem Möglichen. Sie war ein wenig wortkarg, sie wartete immer noch auf den großen Knall. Aber nichts kam. Keine Schimpftirade oder Drohungen. Als sie die Wohnung betrat, war sie erneut völlig verblüfft. Alles war tadellos aufgeräumt. Im Wohnzimmer brannte die kleine Stehlampe und auf dem Tisch stand eine Platte mit belegten Broten und eine Flasche Wein wartete im Kühler.

»Ich möchte mich mit dir über die ganzen unschönen Dinge aussprechen. Wenn du dich etwas frisch machen willst, ich warte hier, dann können wir es uns so richtig gemütlich machen.« Evelyn war immer noch fassungslos. So eine Kehrtwendung hatte sie im Leben nie erwartet. Aber gut, sie wollte nicht kleinlich oder nachtragend sein. Mal sehen, was der Abend noch für Überraschungen bereithält. Evelyn ging ins Schlafzimmer und packte ihre Sachen aus. Anschließend machte sie sich etwas frisch und zog ihren Hausanzug an. Mit gemischten Gefühlen, sie traute dem Frieden immer noch nicht, ging sie zurück ins Wohnzimmer. Ihr Gatte hatte in der Zwischenzeit den Wein eingeschenkt und saß, sie erwartungsvoll ansehend, auf dem Sofa. Er reichte ihr ein Glas.

»Weißt du, ich hatte viel Zeit zum Nachdenken. Ich habe etwas zu heftig reagiert. Die ganzen Drohungen und der Quatsch, den ich gesagt habe, musst du ganz schnell wieder vergessen. Das war alles nicht so gemeint. Du kennst ja mein impulsives Temperament. Aber ich mag Monika einfach nicht leiden.« Nach dieser, für ihn ganz ungewöhnlichen Rede, zog er ein kleines Etui aus der Hosentasche.

»Dein Weihnachtsgeschenk. Der Pulli ist sehr schön, ich habe ihn schon zweimal getragen. Er steht mir ausgezeichnet. Ich habe eben eine Frau mit sehr gutem Geschmack. Auch der neue Duft ist sehr elegant und die CD habe ich auch schon mehrmals abgespielt. Du weißt wirklich ganz genau, was mir gefällt. Vielen Dank dafür.« Evelyn öffnete das Kästchen und zum zweiten Mal an diesem Abend fiel sie aus allen Wolken. Auf einem roten samtenen Kissen funkelte ihr ein kleines goldenes mit Diamanten besetztes Herzchen an einer Kette entgegen.

»Das ist ein sehr schönes Geschenk und ich freue mich darüber, vielen Dank.« Eigentlich hätte er jetzt einen Kuss oder eine Umarmung dafür verdient gehabt, das Geschenk war wirklich hübsch, aber Evelyn war immer noch auf der Hut.

»Weißt du, es tut mir alles so furchtbar leid und ich bin froh, dass du wieder da bist. Es war sehr einsam in der leeren Wohnung ohne dich. Auch mein Bett war so leer ohne dich. Ich möchte nie mehr so lange ohne dich sein«, er sah sie zerknirscht an. Evelyn konnte nicht anders und beugte sich zu ihm rüber und küsste ihn. Darauf hatte Friedrich anscheinend nur gewartet. Er zog sie in seine Arme und die beiden erlebten die nächsten Stunden mit viel Zärtlichkeit. Nach endlosen Streicheleinheiten, die Uhr zeigte fast Mitternacht, kamen sie endlich dazu, die Brote zu essen und den Wein zu trinken, der mittlerweile Zimmertemperatur angenommen hatte. Evelyn erzählte von München, vermied es aber, zu viele Details von Monika und ihrem Verlobten preiszugeben. Die Einladung für Silvester behielt sie auch für sich. Friedrich würde sowieso niemals zustimmen. Aber irgendwann holte sie die Müdigkeit ein und es war schon fast drei Uhr morgens, als das Ehepaar Erdmann endlich in die Federn kam.

Am nächsten Morgen telefonierte Evelyn mit ihrer Mutter.

»Gott sei Dank, bist du endlich wieder zur Vernunft gekommen. Friedrich hat so unter eurem Streit gelitten und war sehr traurig. Ich glaube nicht, dass er solche Eskapaden, wie du sie dir erlaubt hast, noch einmal duldet. Das gehört sich einfach nicht für eine verheiratete Frau, ohne ihren Mann einfach wegzufahren und allein in der Weltgeschichte herumzugondeln.« Das war der ganze Kommentar. Sie fragte nicht, wie die Feier war, erwähnte mit keinem Wort Monika oder ihren Bräutigam.

»Weißt du, Mutter, es hätte mich gefreut, wenn du Monika wenigstens telefonisch gratuliert oder auch schöne Feiertage gewünscht hättest. Du kennst sie ja schließlich auch. Aber wahrscheinlich warst du so von Friedrichs Traurigkeit mitgenommen, dass du für andere keine Gedanken übriggehabt hast.« Evelyn beendete das Gespräch dann auch recht schnell. Sie hatte einfach keine Lust, die haltlosen und mittelalterlichen Vorwürfe und Litaneien noch länger anzuhören.

Den Jahreswechsel verbrachten sie mit ein paar Freunden, mit denen sie beide gelegentlich Kontakt hatten, in einer kleinen Kneipe. Es war sehr lustig. Dazu war auch keine elegante Garderobe notwendig gewesen. Jeans und eine weiße Bluse hatten völlig ausgereicht. Als die Glocken das neue Jahr einläuteten, standen sie auf der Straße und sahen zu, wie ringsherum Feuerwerkskörper abgebrannt wurden. Nach einigen Flaschen Sekt, die noch geleert wurden, war gegen fünf Uhr früh alles vorbei und alle gingen zufrieden und ein bisschen beschwipst nach Hause. Das neue Jahr hatte gut angefangen, es blieb abzuwarten, was in den nächsten Monaten passieren würde.

Die Tage danach

Tante Ruth berührte ihr Patenkind sachte an der Schulter. Evelyn schlug die Augen auf und wusste in ersten Moment nicht mehr, wo sie sich befand. Doch dann war sie völlig munter. Das Kätzchen hatte wohl auch lange genug auf ihrem Schoß gesessen, denn jetzt spazierte es über den Rasen. Es fing auch langsam an, dunkel zu werden.

»Hast du in der Stadt alles erledigen können?« Evelyn sah Tante Ruth an. Die alte Dame nickte.

»Ich habe uns auch was Feines zum Essen mitgebracht. Komm, wir gehen rein.« Evelyn erhob sich aus der Schaukel und die beiden Damen betraten das Wohnzimmer. Der Esstisch war hübsch gedeckt. Salate und andere köstliche Sachen luden zum Essen ein. Nachdem sie einige Minuten schweigend gegessen hatten, unterbrach Evelyn die Stille.

»Weißt du, wir hatten auch schöne Zeiten. Er konnte sehr charmant und liebenswürdig sein. Nachdem ich aus München zurück war und wir uns wieder versöhnt hatten, war wirklich alles in bester Ordnung. Es gab hin und wieder ein paar kleine Gefechte, aber keinen großen Krieg mehr. Friedrich hielt sich an sein Versprechen, nicht mehr wegen jeder Kleinigkeit auszurasten. Sogar meine Mutter war friedlich und hackte nicht mehr ständig auf mir herum. Es ging auch sehr lange gut. Bestimmt vier oder fünf Jahre ohne seine Boshaftigkeiten. Dann kam der Hammer, der alles wieder ins Wanken brachte. Wir waren in der Zwischenzeit auch umgezogen und hatten jetzt eine schöne große Wohnung im Nachbarhaus und ein Zimmer mehr. Südseite, hell und sonnig.« Evelyn hielt inne. Ihre Augen verschleierten sich, als ob sie geradewegs ein schlimmes Erlebnis noch einmal durchlebte.

»Es war das perfekte Kinderzimmer. Wir hatten immer mal wieder davon gesprochen, das heißt, ich war diejenige, dass wir jetzt vielleicht eine Familie gründen könnten. Ich hätte gern ein Baby gehabt. Finanziell ging es ja auch gut. Aber Friedrich wollte davon nichts wissen. Sobald das Gespräch in diese Richtung ging, blockte er, mit netten Worten, aber sehr bestimmt, ab. Wir haben doch uns, wir sind noch sehr jung, wir können dein Gehalt doch gut gebrauchen. Ihm träumte noch immer von einem großen Haus mit Garten, wo er als Gastgeber für seine geschätzten Kollegen fungieren konnte. Ich könnte jetzt noch eine ellenlange Liste mit seinen Argumenten aufzählen. Aber dann kam mein fünfunddreißigster Geburtstag. Am Morgen hatte ich die Gewissheit von meiner Frauenärztin erhalten, dass ich schwanger war. Wir hatten zwar immer verhütet, aber irgendwie war es doch passiert. Wir hatten keine Feier geplant, warum auch, es war ja nur mein Geburtstag, nur ein Essen zu zweit bei uns zu Hause. Ich hatte was Feines gekocht, den Tisch schön gedeckt. Beim Dessert konnte ich die Neuigkeit nicht mehr für mich behalten und erzählte ihm, dass wir bald zu dritt sein würden. Er verstand mich erst gar nicht, aber dann wurde sein Gesicht erst ganz weiß und dann puterrot und auf einmal ging es wieder los.

»Habe ich mich nicht klar und deutlich ausgedrückt, dass ich keine schreienden Gören haben will. Du hast das absichtlich gemacht, du blöde Kuh.« Beschimpfungen der allerfeinsten Sorte. Beleidigungen, wieder das volle Programm. Dass ich dann in einigen Monaten aussehen würde wie ein gemästetes Schwein war die harmloseste Kränkung. Danach stand er so heftig auf, dass sein Stuhl umkippte, und rannte in den Flur. Dort riss er seine Jacke vom Haken und stürmte aus der Wohnung. Im Treppenhaus hatte ich ihn eingeholt und wollte ihn am Arm halten. Aber er drehte sich herum und gab mir einen Stoß, dass ich die Treppe runterstürzte. Im Krankenhaus wachte ich wieder auf mit diversen Knochenbrüchen und schmerzhaften Prellungen. Ich hatte durch den Sturz auch mein Baby verloren. Das war vermutlich auch seine Absicht. Aber das Schlimmste war, bei diesem Sturz war in meinem Körper etwas verletzt worden, sodass ich den Gedanken an ein Kind für immer aufgeben musste.« Evelyn verstummte, Tränen rannen über ihre Wangen.

Tante Ruth war völlig fassungslos. Sie hatte ja mit vielem gerechnet, aber dass sich der Kerl als so brutal und gewalttätig entpuppte, sprengte ihre Vorstellungskraft.

»Er besuchte mich im Krankenhaus, stellte aber alles als dramatischen Unfall dar. Er hatte sogar Tränen in den Augen, als er den Vorfall meiner Mutter in meinem Beisein in der Klinik erzählte. Ich weiß aber ganz genau, dass er mich gestoßen hatte. Solche Verletzungen hätten durch einen normalen Fall niemals passieren können. Diesmal war ich diejenige, die kein Wort mehr mit ihm sprach. Auch das Jammern meiner Mutter ging mir so auf die Nerven, dass ich sie durch eine Schwester aus dem Krankenzimmer schmeißen ließ. Es war mir so egal, was der arme Friedrich schon wieder durchmachen musste, sie konnte ihn ja wieder bemuttern. Wie es mir bei der Sache ging, war für sie nicht wichtig. Als ich wieder zu Hause war, packte ich meine Sachen und fuhr zu Monika. Es war mir völlig gleichgültig, was Friedrich sagte, wie sehr er alles bedauerte, wie oft er sich entschuldigte, nicht besser aufgepasst zu haben, was er tat, um mich aufzuheitern. Er zog ja doch nur wieder eine Schau ab. Ich sah einfach durch ihn hindurch und zwei Tage später war ich weg. Die Krankmeldung für die Schule hatte ich per Post weggeschickt. Monika päppelte mich wieder auf. Wir führten lange Gespräche und machten erholsame Spaziergänge. Friedrich war sogar so verzweifelt, dass er in München anrief. Aber Monika und Stefan blockten die Telefonate ab. Auch Mutter rief ein paarmal an, aber auch die wollte ich nicht sprechen. Sie hätte ja sowieso nur wieder mir die Schuld an allem gegeben. Ich brauchte ungefähr zwei Monate, bis ich wieder einigermaßen körperlich so weit gesund war. Mein Herz und meine Seele haben sich aber niemals davon erholt. Eigentlich wollte ich auch gar nicht wieder zurück zu Friedrich. Er aber stand eines Tages einfach vor Monikas Haustür. Er war über seinen eigenen Schatten gesprungen und nach München gefahren, um mich wieder heimzuholen. Er bettelte und flehte mich an, mit ihm zurückzukommen. Wir sollten noch einmal ganz neu anfangen, immer wieder die gleiche endlose Aufzählung. Er schaffte es und ich blöde Kuh fuhr mit ihm zurück nach Hause. Als ich die Treppe sah, der riesengroße Blutfleck, den ich hinterlassen hatte, war natürlich nicht mehr da, kam alles wieder mit voller Wucht in mir hoch.« Evelyn sah ihrer Tante direkt ins Gesicht, aber Ruth hatte den Eindruck, dass sie durch sie hindurchsah. Sie erlebte das Unglück in diesem Moment mit Sicherheit noch einmal.

»Ich weiß nicht, was ich sagen soll und bin sprachlos. So etwas Grausames habe ich noch nie gehört.« Ruth wählte ihre Worte mit Bedacht, Vorwürfe dazu, dass sie doch wieder zu Friedrich zurückgekehrt war, waren nicht angebracht. Obwohl sie Evelyn am liebsten jetzt noch dafür geschüttelt hätte.

»Wahrscheinlich war ich nervlich immer noch so angeschlagen. Es ging danach auch wieder eine ganz lange Zeit gut. Nur im Schlafzimmer war ich nicht bereit, zu ihm zurückzukommen. Ich konnte den Gedanken an Sex nicht ertragen. Es war mir auch völlig gleichgültig, ob er seine Bedürfnisse woanders befriedigte. Nach den Sommerferien unterrichtete ich wieder. Stürzte mich in Arbeit, nahm immer Unterlagen mit nach Hause. So konnte ich ihm doch am besten aus dem Weg gehen. Das große helle Zimmer war mein Arbeitszimmer geworden. Ich liebe meine Schüler, sie waren wahrscheinlich der Ersatz für mein verlorenes Baby und die Kinder, die ich nie haben würde. Friedrich versuchte alles, um mich aufzuheitern. Er schleppte mich ins Theater, in die Oper. Wir machten Kurzreisen, aber die Liebe und Zärtlichkeit, die ich einmal für ihn empfunden hatte, war ein großes Stück verloren gegangen.« Tante Ruth hörte nur zu, sie hatte das Gefühl, Evelyn brauchte keinen Gesprächspartner, sondern nur einen Zuhörer. Vielleicht war es ganz gut, dass sie sich alles von der Seele reden konnte. Übe Dinge sprechen konnte, die sie die vergangenen Jahre immer mit sich herumgeschleppt und tief in ihrem Inneren unter Verschluss gehalten hatte. Die beiden Frauen saßen noch einige Stunden beisammen. Evelyn hatte ihre Traurigkeit für den Moment überwunden und sie unterhielten sich über ganz alltägliche Dinge. Hin und wieder huschte auch ein zaghaftes Lächeln über ihr Gesicht, als Tante Ruth amüsante

Begebenheiten von ihren unzähligen Reisen um die ganze Welt erzählte. Dann war es aber wirklich Zeit, schlafen zu gehen. Morgen war wieder ein neuer Tag.

Evelyn hatte einen großen Packen Umzugskartons und Säcke besorgt. Heute wollte sie die Kleiderschränke ausmisten. Erst einmal die gesamte Garderobe von Friedrich, denn die brauchte sie nun wirklich nicht mehr. Sie fing an, die guten Sachen, Anzüge und Sakkos, in die Kartons zu sortieren. Unterwäsche und Socken und aller anderer Kram kam in die Säcke. Sie hatte mit einer Organisation hier im Ort Kontakt aufgenommen, die für bedürftige Menschen alles gut gebrauchen konnte. Außerdem hatte sie sich ein komplett neues Schlafzimmer bestellt, schöne helle Möbel, das dunkle alte Mobiliar würde morgen auch gleich mit abgeholt werden. Sie hatte einfach genug von diesen wuchtigen Teilen, die damals zwar unsinnig teuer gewesen waren, aber sie fast erdrückten. Ihr neues Leben sollte auch hell und luftig werden, und als Erstes mussten deshalb das Bett und der Schrank und alles, was sonst noch im Zimmer stand, raus. Friedrich hatte so viele Klamotten, er hatte sich von nichts trennen können. Selbst die Sachen, die ihm schon lange nicht mehr gepasst hatten, wurden aufgehoben. Es war zu Anfang ein komisches Gefühl, die Stücke in die Hand zu nehmen und zu entsorgen. Vor ihrem inneren Auge sah sie zu jedem Anzug ein Bild. Die helle Kombination zum Beispiel hatte er zu ihrer Hochzeit getragen. Wie lange war das her? Den dunklen Anzug hatte er sich extra für seine erhoffte Ernennung zum Oberstudienrat gekauft. Evelyn setzte sich aufs Bett, um einen Moment innezuhalten. Dabei kamen ihr wieder einige Gedanken in den Sinn. Gerade die Sache mit dem Aufstieg.

Friedrich hatte immer darauf hingearbeitet, einmal den Posten des Oberstudienrates zu bekommen, es aber nie geschafft. Er hatte seine Theatergruppe gegründet, die auch sehr erfolgreich verschiedene Stücke in englischer Sprache aufgeführt hatte. Er hatte einige Jahre als Betreuungslehrer für Referendare fungiert. Er hatte alles Mögliche unternommen, um Punkte für seine Personalakte zu sammeln. Aber die letzte Stufe der Karriereleiter hatte er nie erklimmen können. Die war zu steil für ihn gewesen. Als der Schulleiter Dr. Wegener bei einer Lehrerkonferenz vor versammelter Mannschaft einmal so zum Spaß erwähnte, dass er Evelyn als seine Nachfolgerin vorschlagen würde, sie hatte genauso viel geleistet wie Friedrich und war außerdem auch beliebter, hatte er mit zusammengepressten Lippen den Argumenten zugehört und nach einem Moment den Raum verlassen. Zu Hause ging dann das Gewitter mit voller Wucht auf Evelyns Kopf nieder.

»Was bildet sich dieser aufgeblasene und arrogante Kerl eigentlich ein? Ich habe alle notwendigen Zusatzleistungen gemacht, trotzdem schlägt er eine einfache Lehrerin für Chemie und Physik vor. Das ist das Absurdeste, was ich bisher gehört habe. Du hast von Schulleitung keine Ahnung, bist keine Führungsperson, hast nicht den Grips im Kopf, um so eine Position zu bekleiden. Hast du einmal daran gedacht, wie sehr mich das kränkt und beleidigt?« Friedrich hatte sich so in Rage geredet, sein Gesicht war dunkelrot vor Zorn angelaufen, sein Kopf drohte beinahe zu platzen.

»Ich war doch genauso überrascht von dem Gerede, ich habe niemals einen einzigen Gedanken daran verschwendet, zur Schulleiterin berufen zu werden.« Dass Dr. Wegener ihr das schon zweimal vorgeschlagen hatte, verschwieg sie wohlweislich. Aber die Schimpftiraden gingen weiter, sein Wutausbruch war nicht zu bremsen.

»Wenn der dich wirklich nominiert, verklage ich die Schulleitung. Das lasse ich mir nicht gefallen. Keiner ist für diesen Posten so gut geeignet wie ich.« Auf einmal wurden seine Augen zu schmalen Schlitzen.

»Aber ich kann mir genau denken, warum der so etwas sagt. Du hast ein Verhältnis mit ihm. Gehst mit ihm ins Bett. Wenn ich es recht überlege, bist du in den vergangenen Wochen so oft nachmittags in der Schule geblieben. Du hattest angeblich immer Elterngespräche. Dass ich nicht lache. Wahrscheinlich habt ihr es dann getrieben und über mich hergezogen und gespottet. Von mir willst du ja schon lange nichts mehr. Anders kann es nicht sein.« Er schleuderte ihr die Worte wie Pfeile entgegen. Sein Gesicht hatte sich zu einer höhnischen Fratze verzogen.

»Sag mal, schnappst du jetzt völlig über? Erstens hatte ich keine Ahnung von dem Gerede, da es ja nur Blödsinn war, und zweitens habe ich kein Verhältnis mit Wegener. Mit ihm nicht und mit keinem anderen. Außerdem würde ich die Position wegen meiner Leistung bekommen. Ich kann genauso viel wie du. Ich dränge mich nur nicht ständig in den Vordergrund, so wie du, mit deinem übersteigerten Selbstwertgefühl. Das fällt nämlich vielen Kollegen sehr unangenehm auf. Bei allem musst du deinen Kommentar abgeben, ob es jemand hören will oder nicht. Du sorgst ganz allein dafür, dass dich alle nur bemitleiden, weil du niemals diese Position erreichst, egal, wie sehr du dich auch anstrengst. Du stehst dir nämlich selbst im Weg und irgendwann hast du das vielleicht auch mal begriffen.« Evelyn konnte sich nicht mehr zurückhalten. Für alles, was nicht so ging, wie Friedrich es wollte, war sie verantwortlich, und dass er ihr jetzt auch noch ein Verhältnis mit dem Direktor unterstellte, um eine höhere Position zu erhalten, war ja wohl die größte Unverschämtheit, die er bisher von sich gegeben hatte.

»Und dass ich nicht mehr mit dir schlafe, hast du dir auch selbst eingebrockt. Denke daran, wie du mich gestoßen hast und ich dadurch mein Baby verloren habe. Das kann ich dir niemals verzeihen. Aber vielleicht war es ganz gut, denn noch so ein Monster wie du, wäre wirklich zu viel auf der Welt. Aber jetzt habe ich keine Lust mehr, mir diesen Unsinn noch länger anzuhören. Denke von mir aus, was du willst. Gib wie immer allen anderen die Schuld, das ist ja schließlich deine Spezialität.« Nach diesen Worten verließ sie das Zimmer und ging in ihr Arbeitszimmer. Sollte er doch weiter vor sich hin schmollen oder toben, bis er einen Herzinfarkt bekam, ihr war es gleichgültig. Das Wort

Infarkt war an diesem Tag zum ersten Mal durch ihre Gedanken geschwirrt und Evelyn war über sich selbst erschrocken gewesen. Wie sollte sie denn in dieser Ehe weiterleben, wenn sie ihrem Mann eine schlimme Krankheit oder, noch furchtbarer, den Tod wünschte.

Evelyn schüttelte die Gedanken an die Vergangenheit ab, dafür war später immer noch Zeit, und arbeitete zügig weiter. Bis zur Mittagszeit hatte sie die Sachen von Friedrich aussortiert. Nur wenige Stunden waren nötig gewesen, um ein Leben aus dem Haus zu verbannen. Symbolisch gesehen. Dann kam ihr Kleiderschrank an die Reihe. Irgendwie sah ihre Garderobe langweilig aus. Meistens der gleiche Schnitt, Kostüme und Kleider in dunklen und unansehnlichen Farben, grau, braun oder schwarz oder graubraun. Keine bunten Sachen. Wieder füllte sich ein Karton nach dem anderen. Bis auf ein paar schöne Teile, die sie mit anderen lebhafteren Farben kombinieren konnte, flog alles raus. Sogar ihr Hochzeitskostüm, damit hatte alles Elend angefangen. Aber sie konnte auch keinem die Schuld an ihren, wie sie jetzt mittlerweile dachte, vergeudeten Jahren geben. Es hatte damals genügend Anzeichen und Warnsignale gegeben, aber sie hatte alles, blind vor Liebe und mit einer rosaroten Brille auf, ignoriert. Nach zwei weiteren Stunden war auch ihre Garderobe sehr reduziert, der Kleiderschrank fast leer. Dafür standen jetzt vor dem Haus mindestens zwanzig Kisten und Säcke.

Evelyn hatte sich aus der Küche eine Tasse Kaffee geholt, Tante Ruth war mit einigen befreundeten Damen bei einer Vernissage und kam erst am Abend zurück, und ging hinaus auf die Terrasse und setzte sich in die Schaukel. Das Kätzchen hatte sich schon gemütlich zusammengerollt und genoss die Strahlen der nachmittäglichen Sonne. Gedankenverloren blickte sie zu den beiden Reihenhäusern gegenüber, wo ihre Freundinnen wohnten. Auch hierzu fiel ihr ein Vorfall ein, der Friedrich in keinem guten Licht hatte erscheinen lassen.

Sie wohnten jetzt schon ein paar Jahre in diesem Haus, es war damals sehr günstig zu kaufen gewesen, als auf der gegenüberliegenden Wiese plötzlich Bagger fuhren, um das Fundament für die Reihenhäuser auszuheben. Bis zu diesem Zeitpunkt hatten sie eine wunderbare Aussicht auf den Wald gehabt. Jetzt war das Grundstück verkauft worden und die Bauarbeiten begannen. Lärm und Dreck beherrschten nun die Tagesordnung. Friedrich regte sich ganz schrecklich auf, rannte mehrmals zur Baubehörde, um Beschwerde einzulegen. Schrieb unzählige Leserbriefe über die Unfähigkeit der »Oberen Herren« an die hiesigen Tageszeitungen. Die meisten davon wurden aber nie veröffentlicht, weil sie einfach zu bösartig und beleidigend waren. Er beschimpfte die, wie er meinte, mit diesem Projekt zu tun hatten. Sogar der Bürgermeister bekam sein Fett ab. Nur der ließ sich das nicht gefallen und hängte ihm eine Klage wegen Verleumdung und Beleidigung an. Friedrich verlor den Prozess, wie vorauszusehen war, und musste einige tausend Euro Strafe und die gesamten Gerichtskosten bezahlen. Aber das hielt ihn nicht wirklich davon ab, die Bauarbeiten zu sabotieren. Jeden Mittag, wenn er nach Hause kam, ging er zuerst in den Garten, um genau zu kontrollieren, was der Bau für Fortschritte machte. An einem Wochenende schlich er sich an zwei Abenden hinüber und zersägte sämtliche langen Holzbalken und Plastikrohre, er hatte sich dafür extra das passende Werkzeug besorgt. Aber es half alles nichts, die Häuser wurden fertiggestellt und irgendwann im Sommer zogen zwei junge Familien mit Kleinkindern ein. Friedrich saß auf der Terrasse und beobachtete alles durch ein Fernglas. Wie eine Spinne, die darauf lauert, dass sich ihr Opfer im Netz verfängt. Nach dem Einzug der Nachbarn musste sich Evelyn einige Wochen Tag für Tag seine bissigen und gehässigen Kommentare anhören.

»Haben die nichts anderes zu tun gehabt, als brüllende Gören in die Welt zu setzen?«

»Können die ihre Kinder nicht selbst erziehen, warum sind die Weiber denn sonst den ganzen Tag zu Hause?« Die Kinder gingen, wie tausende andere Kinder auch, in den Kindergarten.

»Wahrscheinlich nur, damit sie vom Staat, von meinen Steuern, einen Haufen Geld kassieren können.«

Solche und noch gemeinere Bemerkungen waren jetzt sein liebster Gesprächsstoff. Evelyn hörte gar nicht mehr richtig hin. Aber Friedrich erwartete keine Antwort, er wollte nur seine Gehässigkeiten loswerden. Doch an einem Sonntagnachmittag blieb sogar Friedrich der Mund vor Staunen offen. Sie hatten gerade im Wohnzimmer gesessen, jeder in seiner Ecke, als es an der Haustür klingelte und die Ehepaare von gegenüber mit Kuchen und einer Flasche Wein vor der Tür standen. Friedrich, der ein sehr guter Schauspieler war und von einer Minute auf die andere die Seiten wechseln konnte, begrüßte die Nachbarn auf das Liebenswürdigste und bat sie sogar ins Haus. Bei einem Stück Kuchen und einer Tasse Kaffee sprach Friedrich davon, wie oft er doch gedacht hätte, dass die Wiese endlich bebaut würde, und er sich doch sehr darüber freue, dass jetzt junge Familien mit ganz entzückenden Kindern eingezogen seien. Nun war doch endlich ein bisschen Leben vor der Tür. Damit meinte er natürlich die Terrasse. Auf jeden Fall sei es auch sehr wichtig, dass die Mütter zu Hause waren. Die ersten Jahre seien doch so wichtig für kleine Kinder. Er als Lehrer am hiesigen Gymnasium könne das schließlich gut beurteilen. Er schlug sogar vor, dass die Kinder jetzt schon im Gymnasium angemeldet werden könnten. Er würde das sehr gerne in die Wege leiten. Evelyn wurde fast übel, als sie die scheinheiligen und verlogenen Reden ihres Mannes hörte. Aber das war seine persönliche Masche. Nach außen hin freundlich und charmant. Sie war froh, als alle wieder gegangen waren.

»Hast du nicht maßlos übertrieben mit deiner Angeberei und Heuchelei? Bis vor ein paar Stunden hast du kein gutes Haar an den Nachbarn gelassen, hast dich über schreiende Kinder beschwert, obwohl du noch nicht eines von den Kleinen gesehen oder gehört hast. Heute Nachmittag hast du dich wie der nette Freund von gegenüber ausgegeben. Willst sogar die Einweihungsparty mit organisieren. Du hast kein bisschen Schamgefühl in deinem jämmerlichen Körper. Du bist wie ein Chamäleon, das ständig seine Farbe wechselt. Deine Aussage, dass du für die Kinder was tun kannst, damit sie ans Gymnasium kommen, war das nicht ein bisschen übertrieben und überheblich? Was willst du denn tun, so wichtig ist deine Position nun wieder nicht, dass du solche Voraussagen machen kannst. Ich kann das wirklich nicht mehr länger ertragen, sonst muss ich mich übergeben.« Stürmte nach diesen Worten fast fluchtartig aus dem Wohnzimmer und schloss sich in ihr Büro ein. Evelyn setzte sich in ihren Schaukelstuhl, den sie aus ihrer allerersten Wohnung bisher überall mitgenommen hatte, und dachte mal wieder daran, einfach wegzugehen. Einfach alle Brücken hier abbrechen, nur weg von diesem heuchlerischen und doppelzüngigen Ekel. Aufschneiden und große Töne spucken, das war sein Lebensziel. Einfach weg. Aber dann kam die gnadenlose Ernüchterung. Wo sollte sie denn hin? In einer fremden Stadt allein und auf sich selbst gestellt eine neue Existenz aufbauen, dazu hatte sie nicht den Mut. Auch fehlten ihr die finanziellen Mittel. Ein großer Teil ihres Geldes steckte in diesem Haus. Zu Monika, die immer noch mit Stefan verheiratet war und in München lebte, obwohl Friedrich ihrer Ehe nur eine kurze Dauer eingeräumt hatte, wollte sie nicht. Außerdem hatten die beiden ehemals besten Freundinnen keinen sonderlich engen Kontakt mehr. Irgendwann waren auch die regelmäßigen Telefonate ausgeblieben. Nun kamen nur noch Weihnachtsgrüße oder Karten von einem tollen Urlaubsort. Kevin, ihr Stiefsohn, studierte und lebte mittlerweile in London. Friedrich hatte auch hier ganze Arbeit geleistet und das gute Verhältnis nach und nach mit seinen gehässigen Sprüchen über Monika und Stefan vergiftet. Tante Ruth gondelte mal wieder in der Weltgeschichte herum. Da konnte sie auch nicht einziehen. Zu ihren Eltern konnte sie auch nicht, die waren vor einigen Jahren kurz hintereinander verstorben. Erst ihr Vater, dann zwei Jahre später ihre Mutter. Aber das wäre sowieso keine gute Lösung gewesen. Das Verhältnis zu ihrer Mutter hatte sich im Lauf der Zeit immer mehr verschlechtert. Sie war und blieb bis zu ihrem Tod der wahrscheinlich größte Fan von Friedrich und schob alles, wie immer, auf Evelyn. Also blieb wieder einmal alles beim Alten. Resigniert erhob sie sich und ging hinunter. Sie musste schließlich das Kaffeegeschirr und die Gläser noch aufräumen. Schmutziges Geschirr konnte Friedrich nämlich auch nicht leiden.

Evelyns Gedanken kamen zurück aus der Vergangenheit. Die Sonne war fast untergegangen und es war ziemlich kühl geworden. Der Kaffee in ihrer Tasse war mittlerweile auch kalt. Das Kätzchen spazierte über die Wiese, erledigte ein kleines Geschäft und kam dann wieder auf die Terrasse zurück. Einen hoffnungsvollen Blick auf Evelyn gerichtet, denn jetzt war Essenszeit. Tante Ruth war auch wieder zurück und sprühte nur so vor Lebensfreude. Sie aßen zu Abend und plauderten dann noch eine Ewigkeit von allen möglichen Dingen. Nebenher lief im Fernsehen eine schöne Musiksendung.

»Ich habe heute Nachmittag an Monika gedacht. Wie es ihr wohl geht? Wir hatten als junge Frauen so ein tolles Verhältnis, was Friedrich mit seiner Eifersucht und Gehässigkeit nach und nach vergiftet hat.«

»Warum rufst du sie nicht einfach an? Jetzt kann es dir keiner mehr verbieten. Sie wird bestimmt immer noch in München wohnen.«

»Das werde ich auch ganz bestimmt morgen machen.«

Am nächsten Vormittag wurden die Schlafzimmermöbel abgebaut und nach zwei Stunden war alles in einem großen LKW verladen und abtransportiert worden, einschließlich der Kartons und Säcke. Sie hatte auch die grässlichen Terrassenmöbel mit weggegeben. Jetzt hatte Evelyn zwar kein Bett mehr, aber dafür das Gefühl, einen großen Schritt in ihr neues Leben gemacht zu haben. Ein paar Tage musste sie im Wohnzimmer auf der Couch schlafen, das Gästezimmer bewohnte ja Ruth, aber das war kein Problem. Sie hatte nur einen kleinen Schrank behalten, in dem ihre sehr reduzierte, übrig gebliebene Garderobe untergebracht war. Am Nachmittag hatte sie einen Termin beim Friseur und wollte sich später mit Ruth in der Stadt treffen. Die alte Dame war schon wieder unterwegs, wo sie ihre Energie her nahm, war Evelyn ein Rätsel. In einer kleinen Boutique hatte sie schon mal ein paar neue Klamotten gekauft, den roten Hosenanzug nach der Anprobe gleich anbehalten. Mit beschwingten Schritten und richtig guter Laune betrat sie das Restaurant. Ein angenehmes Kribbeln überkam sie, als sie bewundernde Blicke von einigen Herren bemerkte, die an Nachbartischen saßen. Tante Ruth war schon da und die beiden Damen fuhren nach einem ausgezeichneten Abendessen nach Hause. Es war erst früher Abend, als Evelyn zum Telefon griff und die Nummer von Monika wählte. Es war ihr ein wenig mulmig zumute. Würde die Freundin überhaupt noch Kontakt haben wollen? Ihre Sorge war völlig unbegründet, als am anderen Ende ein zaghaftes »Evelyn, bist du das?« erklang. Sie musste einen dicken Kloß im Hals runterschlucken, ehe sie antworten konnte.

»Ja, ich bin es. Es tut mir aufrichtig leid, dass wir keinen Kontakt mehr haben konnten. Aber du weißt ja, wie Friedrich war. Er wollte es einfach nicht«, begann Evelyn.

»Wieso sprichst du in der Vergangenheitsform von Friedrich? Ist etwas passiert mit deinem Mann?«

»Ja, Friedrich ist vor ein paar Tagen an einem Herzinfarkt verstorben. Die Ärzte konnten nichts mehr für ihn tun.« Was den Infarkt ausgelöst hatte, verschwieg sie, war auch vielleicht nicht gerade für ein Telefonat geeignet, wer weiß, wer da nicht vielleicht doch mithörte. Der Welt war nicht mehr zu trauen. Vielleicht würde sie es irgendwann einmal Monika erzählen.

»Ich kann nicht behaupten, dass er mir sehr leidtut, weil ich weiß, was für ein Ekelpaket er war. Aber wie geht es dir denn damit, wie ist es dir in den vergangenen Jahren ergangen? Ich hoffe, es war nicht allzu schlimm.« Monika hatte nichts von ihrer erfrischenden Art verloren. Evelyn fing zu erzählen an. Das Gespräch dauerte fast drei Stunden.

»Weißt du, Evelyn, Stefan fährt nächste Woche für ein paar Tage nach Hamburg. Er hat dort geschäftlich zu tun. Er arbeitet zwar nicht mehr so viel wie früher, er ist schließlich auch nicht mehr der Jüngste, aber bei manchen Sachen muss er einfach persönlich dabei sein. Komme doch einfach zu mir. Kevin ist in London, wir sind dann ganz unter uns und können in München die Geschäfte plündern. Du kannst so lange bleiben, wie du willst.«

»Ich komme gern, ich muss nur noch auf mein neues Schlafzimmer warten, das wird in drei Tagen geliefert. Ich freue mich riesig, dass wir uns nach so langer Zeit wiedersehen werden. Bis bald.« Damit beendete Evelyn das Gespräch. Sie war froh, dass sie Monika angerufen hatte, und freute sich über die Einladung. Tante Ruth hatte bestimmt nichts dagegen, eine Weile hier allein zu sein.

Es kam immer noch Post, die an Friedrich adressiert war, die sie erst einmal ungeöffnet auf den Schreibtisch legte. Er hatte ja alle möglichen Fachzeitschriften über Dinge abonniert, von denen er meistens keine Ahnung hatte, nur um überall seinen Kommentar abzugeben. Sie hatte zwar sämtliche Behörden und Verlage angeschrieben, aber das dauerte wahrscheinlich ewig, bis die Daten im Computer gelöscht waren. Ein Brief war jedoch dabei, den sie gleich öffnete. Handgeschriebene Adresse, Absender ein Thomas Lindner, der um ein persönliches Gespräch mit Friedrich bat. Handynummer war angegeben.

»Wer kann das sein?«, murmelte Evelyn vor sich hin. Der Name sagte ihr im Moment gar nichts. Sie nahm das Telefon, wählte die angegebene Nummer und war sehr erstaunt, dass sich eine ganz junge, fast kindliche Stimme meldete. Er wollte nicht verraten, warum er mit Friedrich sprechen wollte, und Evelyn sagte nichts vom Tod ihres Mannes. Sie verabredeten sich für den nächsten Nachmittag in einem Café in der Stadt. Evelyn überlegte hin und her, was Friedrich mit diesem jungen Mann zu tun gehabt hatte. War es womöglich ein unehelicher Sohn, der jetzt plötzlich seinen Vater kennenlernen wollte, Affären hatte er ja genug gehabt, wie sie immer wieder herausgefunden hatte. Er hatte sich nicht mal die Mühe gemacht, es zu verheimlichen. Der Nachname kam ihr nach langem Überlegen irgendwie bekannt vor, sie konnte ihn aber im Moment nirgends unterbringen. Sie war neugierig und war schon ein paar Minuten vor der ausgemachten Zeit im Café. Der junge Mann, eine hochgewachsene Gestalt, vermutlich Ende dreißig Jahre, kam herein und sah sich suchend um. Er hatte ja einen älteren Herren erwartet und Evelyn winkte ihm zu, als er in ihre Richtung blickte. Er kam an ihren Tisch und stellte sich persönlich vor.

»Ich weiß, dass Sie meinen Mann erwartet haben, aber er ist vor kurzem verstorben. Aber vielleicht kann ich Ihnen weiterhelfen«, begann Evelyn das Gespräch.

»Ich muss ein wenig ausholen, damit Sie mein Anliegen verstehen können. Ich bin vor einigen Monaten aus dem Ausland zurückgekehrt, wo ich mit meiner Mutter gelebt habe. Kurz vor ihrem Tod hat sie mir anvertraut, dass mein leiblicher Vater, den ich nie kennenlernen konnte, auf tragische Weise ums Leben gekommen ist. Als ich mich hier etwas eingelebt hatte, bin ich durch Zufall auf einen Zeitungsartikel gestoßen, der sich unter den Papieren meiner Mutter befand, in dem über meinen Vater berichtet wurde. Er ist auf unerklärliche Weise in der Universität, in der er studiert hat, ums Leben gekommen. Ich habe recherchiert und herausgefunden, welche Uni das war und dass er wahrscheinlich mit Ihrem Mann befreundet war. In dem Artikel wurde nämlich ein Friedrich E. erwähnt. Nachfragen bei der Schulleitung ergaben, dass E. der Familienname Erdmann war, also Ihr Mann. Ich hatte gehofft, dass er sich vielleicht an Einzelheiten erinnern kann, und wollte ihn bitten, mir zu erzählen, was sich damals wirklich zugetragen hat. Aus den Polizeiakten, die ich einsehen durfte, geht nichts Konkretes hervor.«

»Ich habe zur gleichen Zeit an derselben Uni studiert. Jetzt kann ich mich auch wieder an den Namen entsinnen. Es war damals ein tragischer Unfall, der sich in der Sporthalle ereignet hat. Die Seile an den Ringen waren anscheinend altersbedingt ausgefranst und ihr Vater stürzte aus ziemlicher Höhe in die Tiefe. Er war wohl sofort tot. Man fand ihn mit gebrochenem Genick. Das war tagelang Gesprächsthema an der Uni. Die Beerdigung war überwältigend. Paul, ihr Vater, war bei allen wegen seiner ruhigen und besonnenen Art beliebt. Alle Studenten und das gesamte Lehrerkollegium nahmen damals Abschied. Der Professor hielt eine bewegende Rede. Die Polizei hat alles gründlich untersucht, konnte aber nichts Ungewöhnliches feststellen. Daraufhin wurden dann die Ermittlungen eingestellt. Es tut mir leid, dass Sie auf so grausame Weise Ihren Vater verloren haben.« Evelyn drückte mit diesen Worten ihr Mitgefühl aus. Mehr wusste sie aber auch nicht.

»Meine Mutter ist noch während ihrer Schwangerschaft in die USA ausgewandert, sie hatte dort einige Verwandte. Sie hat auch dort geheiratet und ich wuchs in einem behüteten Elternhaus auf. Erst kurz vor ihrem Tod hat sie mir alles erzählt. Hat Ihr Mann nie von meinem Vater gesprochen? Die waren doch anscheinend befreundet und haben bestimmt einiges zusammen unternommen.« Der junge Mann machte einen enttäuschten Eindruck.

»Das weiß ich leider nicht. Ich bin erst einige Zeit später nach diesem Unfall mit meinem Mann zusammengekommen.«

»Dann bitte ich um Entschuldigung, dass ich Ihre Trauer mit meinen Fragen gestört habe. Alles Gute für Sie, auf Wiedersehen.« Herr Lindner stand auf und verbeugte sich vor Evelyn und verließ das Café. Seinen Kaffee hatte er nicht angerührt. Evelyn dachte über das Gespräch nach. Es war schon komisch, dass Friedrich nie diese Freundschaft erwähnt hatte. Aber das war ja alles schon so lange her. Der junge Mann tat ihr zwar leid, aber sie konnte ihm nicht helfen.

Das Schlafzimmer wurde pünktlich nach drei Tagen geliefert. Sie hatte schöne helle Möbel ausgesucht. Alles neu. Bett, Kleiderschrank, Kommode mit passendem Spiegel. Einen kleinen hellen Sessel dazu. Sie hatte auch das Bettzeug ausgewechselt. Andere

Bettwäsche und neue Gardinen gekauft. Es sollte sie nichts mehr an ihre Ehe erinnern. Zumindest nicht mehr im Schlafzimmer. Hier würde niemals wieder ein Kerl seine schmutzigen Socken herumliegen lassen. Sie wollte überhaupt keinen Mann mehr haben, nicht nur in ihrem Schlafzimmer. Was sie während ihrer Ehe erlebt hatte, reichte für den Rest ihres Lebens. Sie hängte die neuen Vorhänge auf, bezog das Bett und räumte alles in die Schränke. Glücklich besah sie sich ihr Werk und war absolut zufrieden. Auch Tante Ruth war begeistert.

»Weißt du, mein Liebling, dein altes Schlafzimmer war sehr schön. Aber die dunklen, schweren Möbel wirkten sehr erdrückend. Jetzt ist alles hell und luftig. Es gefällt mir sehr gut.«

Die Küche, die Evelyn bestellt hatte, würde erst in etwa einem Monat kommen. Auch da hatte sie alles in einem schönen hellen Grau mit weißen Abstufungen ausgesucht. Die anderen Zimmer wollte sie erst mal so lassen. Im Wohnzimmer nur ein paar Kleinigkeiten ändern, dann war das Haus im Moment mal so, wie es ihr gefiel. Übermorgen wollte sie dann für ein paar Tage zu Monika fahren. Ein bisschen Luftveränderung wäre jetzt ganz gut. Alles mal hinter sich lassen. Tante Ruth hatte sich einverstanden erklärt, das Haus und Kätzchen während ihrer Abwesenheit zu versorgen. Es war alles geregelt, sie konnte ohne Bedenken wegfahren.

Aber vorher wollte sie doch noch den Schreibtisch von Friedrich aufräumen. Damit auch diese Arbeit erledigt war und unter dem Stichwort Vergangenheit abgeheftet werden konnte. Es war immer sein Heiligtum gewesen und ihr war strikt verboten, auch nur in die Nähe von diesem großen Ungetüm zu kommen. Der Schreibtisch war aus massivem dunklem Holz gearbeitet, er hatte ihn vor Jahren auf einer Möbelauktion günstig erstanden und aufarbeiten lassen. Er hatte rechts eine Tür zum Abschließen und links drei Schubladen. Den Schlüssel hatte sie mittlerweile gefunden, Friedrich hatte ihn in seinem Geldbeutel versteckt gehabt. Der Inhalt waren ein paar sorgfältig beschriftete Ordner mit Unterlagen von Versicherungen, Haus und Auto, außerdem die Bankunterlagen. Die Schubladen dagegen waren wesentlich aufschlussreicher. In der ersten Lade waren Papier, Bleistifte und solche Dinge untergebracht. In der zweiten Schublade waren mehrere Schnellhefter, säuberlich mit Namen beschriftet. Die Blätter enthielten Notizen von seinen ehemaligen Kollegen. Er hatte alles Mögliche aufgeschrieben. Wann die Kollegen gefehlt hatten oder krank gewesen waren. Es waren sogar ein paar Kopien von Beurteilungen dabei. Weiß Gott, wofür er die gesammelt hat, und vor allem, wie ihm die in seine Hände gelangt waren. Evelyn konnte sich erinnern, dass die Personalakten immer unter Verschluss in einem großen grauen Stahlschrank gehalten wurden. Evelyn überflog die Seiten, konnte aber nichts wirklich Ungewöhnliches oder Kompromittierendes lesen. Kein Mensch konnte wissen, warum er unwichtige Sachen über Kollegen zusammengetragen hatte. Die unterste Schublade hatte ein kleines Schloss und war zugesperrt. Der Schlüssel war aber nirgends zu finden. Da fiel ihr Blick auf eine gerahmte Fotografie. Einem Impuls folgend, drehte sie den Rahmen herum und sah auf der Rückseite den winzigen Schlüssel fein säuberlich aufgeklebt. Beim Aufschließen hatte sie auf einmal ein mulmiges Gefühl, als ob sie gleich bei etwas Verbotenem erwischt werden würde. Das war es ja eigentlich auch. Aber jetzt war Friedrich nicht mehr da. Keiner war mehr da, der ihr etwas verbieten konnte. In der Lade lagen mehrere kleine schwarze dünne Notizbücher mit Jahreszahlen versehen. Sie griff nach dem Ersten und als sie anfing zu lesen, hatte sie das Gefühl als greife eine eiskalte Hand nach ihr und ließ das Blut in den Adern gefrieren. Das Büchlein war vollgeschrieben mit Friedrichs sehr gut leserlicher Handschrift.

»Der hat mich schon wieder verprügelt, nur weil ich ihm Geld aus der Hosentasche genommen habe. Ich dachte, er merkt es nicht, weil er wieder mal besoffen war. Die Alte hat er auch geschlagen, die hat ihm keine neue Flasche Bier hingestellt. Ich muss mir was einfallen lassen, so geht es bestimmt nicht weiter.«

»Denen habe ich es jetzt aber gezeigt. Der verdrischt mich nicht mehr mit seinem verdammten Gürtel. Der fasst mich nie mehr in seinem Leben an. Die Polizei ist ja so dumm, konnten nicht mal mit Sicherheit feststellen, dass die Bremsen vom Auto manipuliert waren, obwohl sie doch so superschlaue Techniker haben. Ich habe das ja auch geschickt gemacht. Nur zu blöd, dass die Alte auch im Auto saß. Sonst fährt sie immer mit dem Bus. Wer kümmert sich jetzt um mich? Ich kann ja schließlich nicht für mich allein sorgen. Aber zum Glück haben die mir genug Geld hinterlassen. Die Unterschrift für die Schecks zu fälschen ist überhaupt kein Problem, das habe ich ja schon öfters gemacht.«

Der Kerl hat seine Eltern auf dem Gewissen. Dabei war er immer so traurig, wenn er vom tödlichen Unfall der Eltern erzählte. Er war ja nicht im Auto gewesen, er musste doch zur Schule gehen. Sie las weiter und ihr Unbehagen wuchs. Mehrere Seiten lang ließ er sich über seine Nachbarn und Mitschüler aus. Alle bekamen ihr Fett ab. Dann kam wieder so ein Hammer.

»Was will ständig die Tussi vom Jugendamt von mir? Ich bin fast volljährig und kann tun und lassen, was ich will. Alle paar Tage steht sie vor der Tür und schnüffelt in meiner Wohnung herum. Da muss ich mir auch was ausdenken.«

Weiter ging es mit nebensächlichen Einträgen, dann wurde es wieder sehr ausführlich.

»Zufällig habe ich die Alte gesehen, wie sie mit dem Fahrrad zum Amt gekommen ist und wo sie es abgestellt hat. Ich muss das Rad irgendwie markieren, damit ich es bei Bedarf wiedererkenne, wenn ich handeln muss.«

»Heute hat sie mich wieder höllisch genervt, ich glaube, die will Sex mit mir.«

»Das Rad hat einen Aufkleber am Lenker, jetzt finde ich es gleich raus.«

»Ich war ganz vorsichtig, als ich die Schrauben und die Kette gelockert habe. Die wird schön dämlich gucken, wenn sie über ihren Lenker fliegt. Das wird ein Spaß. Schade, dass ich das nicht mit ansehen kann, aber ich bin ja in der Schule.«

»Ich habe zufällig gehört, dass die Alte einen tödlichen Unfall mit dem Fahrrad gehabt hat. Schade, dass ich nichts gesehen habe. Aber jetzt habe ich endlich Ruhe vor der.«

Evelyn war wie erstarrt, konnte aber nicht aufhören zu lesen. Er hatte vermutlich von seiner Betreuerin geschrieben. Auch die hatte er umgebracht. Sie stand schwankend auf und musste sich an der Tischkante festhalten. So hatte sie das Gelesene geschockt, dass ihr Magen rebellierte. Sie schenkte sich in der Küche einen Cognac ein. Seit Tante Ruth da war, gab es auch so etwas in ihrem Haushalt. Nach einem großen Schluck von dieser goldgelben Flüssigkeit beruhigte sich ihr Magen wieder ein wenig. Sie setzte sich erneut an den Schreibtisch und griff nach dem nächsten Heft. Es war wie ein Zwang. Wie bei einem guten Krimi, den man auch nicht aus der Hand legte, bis man wusste, wer der Mörder war. Nur in diesem Fall wusste sie bereits, wer der Mörder war. Aber sie wollte auch wissen, was er noch alles auf dem Gewissen hatte.

»Paul wird auch langsam lästig. Dauernd soll ich ihm bei den Klausuren helfen, weil er zu faul zum Lernen ist. Er spielt den anderen nur immer den fleißigen Schüler vor.«

»Wenn der nicht aufhört, die Kleine aus der Cafeteria anzustarren, muss ich ihm gehörig Bescheid sagen. Die gefällt mir und ist für meine Zwecke geeignet.«

»Jetzt ist er wirklich zu weit gegangen. Keiner hat mich auf dem Flur oder in der Sporthalle gesehen, als ich ganz fachmännisch die Seile an den Ringen ein bisschen bearbeitet habe. Der Idiot will es ja nicht anders.«

»Ich war richtig gut als trauernder Freund. Ich sollte Schauspieler werden.«

»Hoffentlich hören die blöden Bullen bald auf, überall zu schnüffeln oder alle Studenten auszufragen. Die werden sowieso nichts rauskriegen oder finden, ich habe das Taschenmesser schon längst entsorgt.«

Das war der Unfall, von dem der Junge gesprochen hatte. Auch das ging auf Friedrichs Konto. Sie schloss die Augen.

»Das kann doch alles nicht wahr sein, ich war mit einem dreifachen Mörder verheiratet gewesen. Was oder wer ihm im Weg stand, hat er eiskalt erledigt. Ich habe wirklich großes Glück gehabt, dass er mich nicht auch um die Ecke gebracht hat. Gelegenheit dazu war ja reichlich vorhanden gewesen«, murmelte Evelyn vor sich hin. Wenn sie nur an die unzähligen Streitigkeiten dachte, bekam sie gleich eine Gänsehaut. In dem vorletzten Büchlein waren Aufzeichnungen über ihre Ehe.

»Die blöde Kuh ist schwanger. Was glaubt die von mir, dass ich in meiner eigenen Wohnung Kindergeschrei ertrage. Stinkende Windeln wegschmeißen muss. In ein paar Monaten sieht sie aus wie ein gemästetes Schwein. Mit so etwas kann ich nicht zusammenwohnen. Da muss ich bei sich bietender Gelegenheit was unternehmen.«

Jetzt hatte sie es schwarz auf weiß. Ihr damaliger Sturz war kein bedauerlicher Unfall, wie er immer unter Tränen behauptet hatte. Er hatte sie absichtlich so fest gestoßen, dass sie die Treppe runterfiel. Sie hatte es immer gewusst. Es kamen noch einige unerfreuliche Sachen ans Tageslicht, aber zu Tode war anscheinend keiner mehr gekommen. Aber dreifacher Mord war wirklich mehr als genug. Er hatte über alles und jeden hergezogen. Aber dann war Schluss mit den Einträgen. Das fünfte Heft war nur zu Hälfte beschrieben, die Notizen hörten abrupt auf. Seit zehn Jahren keine Einträge mehr. Was war passiert, warum hatte er nicht weitergeschrieben, war ihm auf einmal sein Gewissen eingefallen, etwas, was er nie besessen hatte? Alles hatte sie jetzt gelesen und war schockiert. Sie war mit einem Mann verheiratet gewesen, der als junger Mensch nicht vor Mord zurückgeschreckt war. Aber für ihn waren es ja immer Unfälle gewesen, er war sich nie einer Schuld bewusst gewesen. Das war eine Erkenntnis, die sie wie ein Kantenschlag getroffen hatte. Was sollte sie jetzt mit diesem Wissen anfangen? Zur Polizei gehen war keine gute Option. Man würde ihr vermutlich nicht glauben, dass sie von alledem keine Ahnung gehabt hatte. Sie konnte auch schlecht den jungen Mann anrufen.

»Herr Lindner, ich weiß, was mit Ihrem Vater passiert ist. Mein Mann hat die Seile angekratzt und somit den Unfall herbeigeführt. Ich habe es heute zufällig in einem kleinen Tagebuch gelesen, das ich beim Aufräumen des Schreibtisches von meinem Mann gefunden habe. Er war der Mörder.« Der Junge würde damit postwendend zur Polizei gehen. Auch keine gute Lösung. Es war auch schrecklich, sich vorzustellen, dass die Betreuerin wahrscheinlich Familie gehabt hat. Kinder, die ohne Mutter aufwachsen mussten, weil ein durchgeknallter Teenager das Fahrrad bearbeitet hatte. Was muss im Kopf eines Jugendlichen vorgehen, dass er so gemeingefährlich und kriminell wird. Später als junger Mann und Student ging es weiter. Evelyn erschrak bei dem Gedanken, dass Paul möglicherweise, wahrscheinlich sogar, wegen ihr umgebracht worden war. So war es ja fast zu lesen gewesen. Sie konnte sich jetzt auch wieder an Paul erinnern. Er war ein netter Kerl gewesen, der immer einen Spaß mit ihr gemacht hatte, während er auf seinen Kaffee gewartet hatte. Sie war ja damals in der Cafeteria als Aushilfe angestellt gewesen. Seine gute Laune hatte sich als sein Todesurteil entpuppt. Was für ein krankes und verdorbenes Hirn hatte im Kopf von ihrem Mann gewohnt. Ein Psychiater würde darin wahrscheinlich eine unglückliche Kindheit und Jugend vermuten. Zu wenig Zuneigung seitens der Eltern. Kindesmisshandlung durch den Vater. Die kannten ja viele Möglichkeiten, solche Monster als Opfer darzustellen. Aber sie war viele Jahre mit so einem kranken Kopf verheiratet gewesen. Im Nachhinein überkam sie Panik, wenn sie daran dachte. Doch alle Grübeleien halfen ihr nicht weiter. Die kleinen Hefte lagen auf dem Schreibtisch und brannten fast Löcher in die Platte und verhöhnten sie. Es war, als grinste Friedrich sie zynisch an.

Was sollte sie damit tun?

»Ich muss die Dinger verschwinden lassen, nicht auszudenken, wenn sie in fremde Hände gelangen«, murmelte Evelyn. Sie legte die Teile wieder in die Schublade und schloss diese sorgfältig ab. Der Schlüssel verschwand in ihrem Geldbeutel. Da würde niemals jemand Fremdes reinschauen. Sie nahm ihr Glas und setzte sich raus auf die Terrasse. Aber sie war zu aufgewühlt, um in der Schaukel hin- und herzuschwingen. Zu vieles schwirrte ihr im Kopf umher. Sie nippte wieder an ihrem Glas und spürte, wie der Cognac sie innerlich ein wenig wärmte und das innere Zittern ein bisschen nachließ. Sie konnte jetzt an diesen Tatsachen nichts mehr ändern. Ihr blieb nur, damit einigermaßen gut umzugehen und nicht mehr so viel darüber nachzudenken. Es war passiert und niemand konnte es rückgängig machen, sie am allerwenigsten. Aber das war leichter gesagt als getan. Tante Ruth würde jeden Moment kommen, die war mal wieder unterwegs bei ihrem Damenkränzchen. Evelyn hatte lange überlegt, ob sie mit Ruth über die Angelegenheit sprechen sollte, war aber wieder davon abgekommen. Sie wollte die alte Dame nicht mit diesen Mordgeschichten beunruhigen. Sie durfte sich nur nicht ansehen lassen, dass was Schlimmes passiert war. Die Tante hatte eine feine Antenne für solche Sachen, die konnte in ihrem Gesicht lesen wie in einem offenen Buch. In dieser Nacht schlief Evelyn sehr unruhig. Dämonen und hässliche Fratzen, die alle

Friedrich ähnelten, geisterten durch ihre Träume. Hoffentlich bewahrheitete sich der Volksglaube nicht, was man in einem neuen Bett in der ersten Nacht träumt, geht in Erfüllung. Aber sie wollte nicht an diese schrecklichen Dinge denken, morgen würde sie nach München fahren und ein paar schöne Tage mit Monika verbringen.

Am nächsten Morgen, nach einem gemütlichen Frühstück mit Ruth, packte sie ihren Koffer. Diesmal hatte sie eine ganze Reihe schicker Klamotten dabei. Die Tagebücher von Friedrich hatte sie auch in ihrer Handtasche im Seitenfach versteckt. Sie wollte Monika die ganze Geschichte anvertrauen. Nach einem liebevollen Abschied von Ruth und dem Kätzchen fuhr sie mit dem Taxi zum Bahnhof, kaufte eine Fahrkarte und saß kurze Zeit später in einem Erster-Klasse-Abteil im Zug nach München.

Wie viel Zeit war seit ihrer letzten Fahrt vergangen?

Was war in der Zwischenzeit alles passiert?

Aber diesmal fuhr sie ohne schlechtes Gewissen und konnte die kommenden Tage richtig genießen.

Es war wie ein Déjà-vu. Sie fuhr durch eine wunderschöne Gegend Richtung Bayern. Nur lag diesmal kein Schnee, es war spätsommerlich warm und alles noch schön grün. Wieder standen Rehe auf einer Lichtung und beäugten neugierig den vorbeifahrenden Zug. Sie freute sich auf Monika. Wie hatte sie das alles vermisst. Die langen Gespräche über Gott und die Welt. All die Dinge, die sie zusammen unternommen hatten. Natürlich war durch ihre Heirat und Monikas Wegzug alles anders geworden. Aber sogar die Telefonate hatte Friedrich so nach und nach noch verboten. Er hatte ihr alles weggenommen und sie hatte es geduldet um des lieben Friedens willen.

Wie vor einer langen Ewigkeit wartete Monika auf dem Bahnhof und nahm Evelyn einfach in die Arme. Beide Frauen hatten Tränen in den Augen.

»Ich freue mich so, dass du da bist, und du hast dich überhaupt nicht verändert«, begrüßte Monika die Freundin strahlend, keine Spur von Verlegenheit oder Unbehagen nach so langer Zeit.

»Es ist schön, dass ich kommen durfte. Du siehst aber auch toll aus, hast deine schöne Figur behalten«, erwiderte Evelyn die Schmeicheleien. Das stimmte auf jeden Fall. Die Freundin trug ein wunderschönes helles Sommerkleid und Sandalen mit meterhohen Absätzen.

»Du musst mir alles von dir und Friedrich erzählen. Wie es dir ergangen ist, nachdem wir vor ewigen Zeiten das letzte Mal telefonieren konnten.« Arm in Arm verließen die beiden den Bahnhof und fuhren mit dem Taxi zu Monikas Zuhause. Sie erzählte unterwegs von Stefan, der sich auch so langsam aus dem aktiven Geschäftsleben zurückgezogen hatte und nur noch ganz wichtige Kunden oder Projekte betreute.

»Wir machen jetzt viele Reisen, sind beinahe schon um die halbe Welt geflogen. Aber ich komme immer wieder gern hierher zurück. Kevin hat in London studiert, sich dort verliebt und kommt nur noch ab und zu mal zu uns. Ist in der Zwischenzeit auch Vater von einem ganz entzückenden, zauberhaften kleinen Mädchen geworden. Stefan ist ganz vernarrt in die Kleine.« Evelyn konnte sich noch gut an den kleinen lebhaften hübschen Jungen erinnern.

»Dein Kevin ist bestimmt ein gutaussehender junger Mann geworden. Ich kann ihn mir auch gut als liebevollen Vater vorstellen. Er hat ja wirklich eine schöne liebevolle Kindheit verbracht.«

Nach einer halben Stunde Fahrzeit erreichten sie das Anwesen. Evelyn war, wie schon bei ihrem ersten Besuch, beeindruckt von der Schönheit des Hauses und dem herrlichen Garten. Monika führte ihren Gast wieder in das Gästezimmer im oberen Stockwerk. Auch wie beim ersten Mal.

»Ich habe den Kaffeetisch auf der Terrasse decken lassen, es ist doch so herrlich draußen. Wir müssen jeden Sonnentag ausnutzen, hier in Bayern kann das Wetter ganz schnell umschlagen. Komme einfach runter, wenn du so weit bist. Es gibt Kuchen, aber der ist immer noch nicht von mir. Ich habe noch nicht gelernt zu backen. Aber kochen kann ich mittlerweile ganz passabel«, lachend ging sie aus dem Zimmer. Evelyn stellte ihren Koffer ab, auspacken wollte sie später, und sah sich im Zimmer um. Alles war noch so wie vor vielen Jahren bei ihrem Besuch. Nur keine Weihnachtsdekoration, es war ja noch Spätsommer. Dafür stand ein schöner Strauß Sonnenblumen auf dem Tisch. Sie machte sich etwas frisch und ging ins Wohnzimmer hinunter. Auch hier hatte sich nicht viel verändert, es waren nur noch ein paar kostbare Bilder hinzugekommen. Die Glastür stand offen und Evelyn ging raus auf die Terrasse. Monika reichte ihr ein Glas Champagner.

»Herzlich willkommen, meine Liebe. Wir werden eine schöne Zeit haben, ich freue mich.« Evelyn hatte einen Kloß im Hals, den sie mit einem großen Schluck der perlenden Flüssigkeit runterspülte.

»Nimm Platz und erzähle mir alles.« Monika schenkte Kaffee ein und bot Evelyn einen Teller mit Kuchen an.

»Ich weiß gar nicht, wo ich anfangen soll. Als ich damals nach meinem Sturz, der überhaupt kein Unfall war, wie ich immer vermutet habe, wieder heimkam, ging es eine ganze Zeit lang sehr gut. Wir gingen ins Theater oder Kino, machten sogar einen kurzen Urlaub. Er war fürsorglich und liebenswert, wie zu Beginn unserer Ehe. Dann ging es wieder los. Er hatte Launen wie eine Diva. Nur wenn alles nach seinem Kopf ging, war es einigermaßen zu ertragen. Aber es waren immer alberne Kleinigkeiten, die ihn unausstehlich werden ließen. Wir haben ja dann auch ein Haus gekauft. Was meinst du, was er für ein Theater gemacht hat, als die Wiese vor unserem Garten Bauland wurde und die ersten Bagger kamen. Es sollten Reihenhäuser gebaut werden. Er klagte gegen alle, die mit diesem Bau zu tun hatten. Sogar gegen den Bürgermeister. Hat aber die Prozesse natürlich verloren. Er hat unzählige bösartige und beleidigende Leserbriefe an die Tageszeitungen geschickt, die aber zum Glück nie veröffentlicht wurden. Er musste Unsummen an Gerichtskosten bezahlen. Er hat mir ein Verhältnis mit unserem damaligen Schulleiter angedichtet. Weil dieser mal aus Spaß bei einer Lehrerkonferenz vor versammelter Mannschaft gesagt hat, ich sei die geeignete Nachfolgerin für ihn. Friedrich hat es ja nie bis zum Oberstudienrat geschafft, obwohl er alles Mögliche dafür unternommen hat. Das hat ihn sowieso immer aufgefressen. Da gab es einen riesengroßen Krach. Aber ich glaube, sein krankhafter Ehrgeiz stand ihm immer im Weg. Ich hatte auch einmal meine Koffer gepackt. Aber als er das gesehen hat, wurde er gemein und zynisch. Ich bin ja viel zu feige, um wegzugehen, ich komme nirgends zurecht. Es ging gerade so weiter. Wir hatten auch schöne Zeiten, aber zum Schluss gab es keine Gemeinsamkeiten mehr zwischen uns. Jeder lebte sein Leben. Unser Leben bestand wahrscheinlich nur noch aus vielen Gewohnheiten. In meinem Innern hatte sich eine Gleichgültigkeit eingenistet, die er auch mit Nettigkeiten, die ab und zu mal vorkamen, nicht mehr durchbrechen konnte.« Evelyn hatte ohne Punkt und Komma geredet und nippte jetzt an ihrem in der Zwischenzeit kalt gewordenen Kaffee. Den leckeren Kuchen hatte sie noch nicht angerührt.

»Dem hätte ich, glaube ich, was in den Kaffee gemischt. Der hätte mich nicht so lange schikaniert.«

»Das habe ich auch gemacht«, es war nur ein Flüstern.

»Was hast du gemacht?«, fragte Monika überrascht.

»Ich habe Friedrich ein paar Tage lang Herztropfen verabreicht, die zum Herzinfarkt führen, wenn man keine Herzprobleme hat.« Evelyn verspürte eine große Erleichterung, als sie diese Worte ausgesprochen hatte, eine Zentnerlast war von ihrer Seele gefallen. Sie konnte ja mit keinem sonst darüber sprechen.

»Wir waren schon im Bett, als es losging und er über Schmerzen in der Brust klagte. Ich stand wieder auf, um den Rettungswagen zu rufen. Habe mich aber stattdessen im Badezimmer eingeschlossen und den Wasserhahn aufgedreht. Ich wollte sein Rufen und Stöhnen nicht hören, jetzt musste ich das durchziehen, was ich angefangen hatte. Ich habe mich wieder angezogen und nach ungefähr einer Stunde den Notarzt verständigt. Aber es war zu spät, der Arzt im Krankenhaus konnte nur noch seinen Tod feststellen.«

»Wo hattest du denn die Tropfen her? Du brauchst doch keine Herzmedikamente und dein Mann auch nicht«, fragte Monika geradeheraus. Kein Staunen oder Entsetzen war in ihrer Miene zu lesen.

»Ich hatte eine Kollegin, schon etwas älter und im Ruhestand, die ich hin und wieder besuchte. Sie hatte sich das Bein gebrochen und konnte die Wohnung nicht verlassen. Beim letzten Besuch gab sie mir ein Rezept über eben diese Tropfen und bat mich, ihr das Medikament zu besorgen. Ich löste in einer Apotheke am anderen Ende der Stadt die Verordnung ein. In dem Moment kam mir der Gedanke, dass ich frei wäre, wenn ich ihm die Tropfen jeden Tag verabreiche. Der Kollegin schwindelte ich vor, dass ich das Rezept verloren hatte. Es war alles ganz einfach. Der Arzt im Krankenhaus kondolierte mir und stellte den Totenschein aus.« Ängstlich blickte Evelyn ihre Freundin an.

»Ich weiß, dass du mich jetzt wahrscheinlich verurteilst. Ich habe ihn auf dem Gewissen. Aber er hat mein ganzes Leben durch seine Gemeinheiten auf dem Gewissen.«

»Ich verurteile dich nicht. Ich hätte an deiner Stelle mit Sicherheit dasselbe gemacht, wenn mir das Schicksal so eine Chance für die Lösung der Probleme präsentiert hätte. Wahrscheinlich schon viel früher. Du brauchst dir absolut keine Gedanken machen, dein Geheimnis ist bei mir gut aufgehoben. Du brauchst auch für das, was passiert ist, kein schlechtes Gewissen zu haben. Es tut mir nur weh, dass du so lange in dieser Hölle gelebt hast. Wenn ich früher etwas gewusst oder geahnt hätte, wäre ich gekommen und hätte dich einfach mitgenommen.« Monika hatte schon wieder Tränen in den Augen.

»Ich danke dir für deine Worte und deine Freundschaft. Es bedeutet mir sehr viel, dass unsere Verbundenheit nicht ganz verloren gegangen ist.« Evelyn hatte auch schon wieder einen Kloß im Hals.

»Jetzt probiere den Kuchen.« Monika schenkte frischen Kaffee ein.

»Wir können nach dem Abendessen einen Spaziergang machen und dann ganz gemütlich den Abend verbringen.«

»Das ist eine gute Idee.« Evelyn trank einen großen Schluck Kaffee und ließ sich den leckeren Kuchen schmecken. Danach plauderten die Damen über die vergangenen Jahre. Jetzt erzählte Monika von ihrem Leben, das auf jeden Fall wesentlich schöner und ruhiger verlaufen war. Als es dunkelte und auch kühler wurde, gingen die Frauen rein und Evelyn hoch in ihr Zimmer. Sie packte ihre Sachen aus und räumte alles in den Schrank. Telefonierte auch mit Ruth. Die kleinen Büchlein hatte sie in die unterste Schublade der kleinen Kommode verbannt, aber sie konnte nicht vermeiden, dass ihre Gedanken immer wieder zu dem Gelesenen wanderten. Morgen wollte sie Monika davon erzählen und gemeinsam überlegen, was damit geschehen sollte. Am besten wird sein, ich verbrenne die Dinger unten im Kamin, dann sind sie weg und keiner erfährt, was für grausame Taten Friedrich begangen hatte. Ihr fröstelte wieder, wenn sie daran dachte, dass ihr Mann ein Ungeheuer gewesen war und mit keinem seiner Verbrechen in Verbindung gebracht worden war. Es hat ja immer wie ein tragischer Unfall ausgesehen. Sie ließ sich ein Bad ein, das Badezimmer gehörte ja zum Gästezimmer, und genoss die wohlige Wärme und den schönen Duft des Schaumes. Danach schlüpfte sie in ihren Hausanzug und ging wieder ins Wohnzimmer. Nach einem sehr leckeren Abendessen verbrachten die Freundinnen einen gemütlichen Abend. Den Spaziergang wollten sie an einem anderen Tag nachholen. Monika hatte Fotoalben rausgesucht und sie besahen sich Fotos von ihrer Hochzeit, von tollen Reisen, von verschiedenen runden Geburtstagen. Ein Flasche Weißwein sorgte für eine entspannte Stimmung. Weit nach Mitternacht war es dann aber wirklich Zeit zum Schlafen. Evelyn verabschiedete sich mit einer herzlichen Umarmung von ihrer Freundin.

»Es ist schön, dass wir uns wiedergefunden haben. Ich freue

mich auf morgen. Schlafe gut.« In ihrem Zimmer ging sie gleich ins Bett und war nach einigen Minuten später schon eingeschlafen.

Nach einem erholsamen Schlaf ohne böse Geister und Dämonen erwachte Evelyn am nächsten Morgen frisch und ausgeruht. Nach Duschen, Anziehen und sorgfältigem Schminken ging sie runter und fand Monika auf der Terrasse.

»Guten Morgen, meine Liebe. Ich dachte, wir frühstücken hier draußen, es ist so ein herrlicher Morgen. Nachher fahren wir dann in die Stadt und plündern die Modehäuser. Ich brauche dringend neue Klamotten für den Herbst. Heute Abend gehen wir ins Theater.« Monika sprudelte beinahe über vor guter Laune. Der Frühstückstisch war mit tausenderlei Köstlichkeiten gedeckt. Verschiedene Brötchensorten, Käse und Wurstsorten warteten darauf, aufgegessen zu werden.

»Du hast decken lassen wie in einem erstklassigen Hotel. Wenn ich jeden Morgen so üppig frühstücke, kann ich mir gleich Klamotten eine oder zwei Kleidergrößen größer kaufen«, lachte Evelyn und setzte sich. Aber trotz aller Sorgen um die Figur griff sie ordentlich zu. Nach einer letzten Tasse Kaffee begann sie das Gespräch, sie wollte diese schreckliche Sache aus ihrem Kopf bekommen. Erst dann könnte sie vielleicht die Tage hier genießen.

»Kannst du dich an einen Jungen Namens Paul erinnern? Der hat zusammen mit Friedrich studiert. Die beiden waren anscheinend auch befreundet. Dieser Kollege kam doch auf unglückliche Weise in der Turnhalle ums Leben.«

»Ja, stimmt. Das war doch diese Sache mit den Seilen, die anscheinend schon uralt und porös waren. An den Jungen erinnere ich mich nicht so recht. Aber an den Unfall. Die Polizei war doch tagelang danach immer noch in der Uni und hat uns alle mit ihren Fragen gelöchert. Wieso fragst du ausgerechnet nach ihm?«

»Vor ein paar Tagen kam ein Brief an Friedrich adressiert. Ein Thomas Lindner bat um ein Gespräch, die Telefonnummer war angegeben. Ich rief dort an, weil ich neugierig war. Er wollte mir am Telefon nicht sagen, um was es ging. Deshalb trafen wir uns am nächsten Tag in einem Café. Dieser Thomas ist der Sohn von Paul und wollte von Friedrich wissen, ob er sich an irgendeine Einzelheit bezüglich des Todes seines Vaters erinnern konnte. Er war wohl erst vor kurzem aus dem Ausland zurückgekommen, wo er mit seiner Mutter, die jetzt auch verstorben ist, gelebt hat. Er hat in ihren Unterlagen einen Zeitungsartikel über diesen Unfall gefunden und so von dem Unglück erfahren. Da war auch von einem Friedrich E. die Rede. Durch Recherche erfuhr er unsere Adresse. Ich habe ihm vom Tod von Friedrich erzählt und er war sehr enttäuscht. Als ich etwas später den Schreibtisch von Friedrich ausgeräumt habe, fielen mir kleine schwarze Büchlein in die Hände. Du glaubst nicht, was ich darin alles gelesen habe. Friedrich hatte die Seile mit einem Messer manipuliert, sodass Paul runterstürzte und sich das Genick brach. Er wusste ja ganz genau, wann Paul in der Sporthalle trainierte. Es hatte ihn gestört, dass Paul mich ein paar Mal angelächelt hatte, als ich in der Cafeteria gearbeitet habe. Das war wohl sein Todesurteil.« Monika war bei diesen Worten bleich bis an die Haarwurzeln geworden.

»Das kann doch nicht wahr sein. Er war sogar ein Mörder?« Sie war völlig fassungslos.

»Ja, er war ein Mörder. Eiskalt und gewissenlos. Ein krankes und verdorbenes Gehirn. Erst seine Eltern, dann die Betreuerin vom Jugendamt, er war damals ja noch minderjährig, dann Paul. Es hat immer so ausgesehen, als wäre es ein tragischer Unfall gewesen. Ich habe die Hefte mitgebracht.« Sie stand auf, ging hoch und kam Augenblicke später zurück. Sie reichte Monika die Büchlein. Einige Zeit hörte man nur das Umblättern der Seiten als Monika las. Ihre Miene war völlig versteinert.

»Das kann doch nicht wahr sein. Er war sogar ein mehrfacher Mörder.« Sie wiederholte ihre Worte von vorhin mit leiser Stimme, fast einem Flüstern.

»Was da alles drinsteht. Der hat wirklich nichts ausgelassen.

Gemeine bösartige Reden. Ich bekomme eine Gänsehaut nach der anderen.« Evelyn nickte.

»Mich hat auch fast der Schlag getroffen, als ich das gelesen habe. Nicht nur gelesen, sondern auch begriffen hatte, was da geschrieben stand. Was soll ich denn jetzt mit den Dingern machen? Ich kann doch nicht zur Polizei gehen und sagen: ›Hier haben Sie die genauen Aufzeichnungen eines Mörders, der zufällig auch mein Mann war. Ich hatte aber von alledem keine Ahnung.‹ Die lachen sich kaputt und ich bekomme ein schönes Zimmer mit vergittertem Fenster in ihrem Knast.« Monika nickte.

»Das geht auf keinen Fall.«

»Außerdem nützt es jetzt sowieso keinem mehr etwas. Sie können Friedrich nicht mehr belangen. Denn der schmort hoffentlich in der Hölle. Das Beste wird sein, wir verbrennen alles im Kamin.« Die beiden Frauen versanken in Schweigen, jede hing ihren eigenen Gedanken nach.

»Wir werden das Zeug verbrennen. Aber wir müssen bis heute Abend warten. Dann ist Magda nicht mehr da und es fällt nicht auf, wenn ein Feuer im Kamin brennt. Meine Hausfrau ist zwar sehr verschwiegen und loyal, aber ich möchte ihr trotzdem keinen Gesprächsstoff liefern.«

Der Tag zog sich endlos hin. Der Stadtbummel war auch vom Tisch. Bis diese Sache endlich erledigt war, hatte keine der Freundinnen Lust, Klamotten anzuprobieren oder irgendwohin auszugehen.

Auch die schlimmsten Stunden gehen einmal vorüber, und als die Hausfrau gegangen war, zündete Monika den Kamin an und warf die Hefte ins Feuer. Arm in Arm standen die Freundinnen davor und sahen zu, wie die züngelnden Flammen das Papier auffraßen und nichts mehr übrig blieb, außer einem Häufchen Asche und den Erinnerungen. Aber die würden vielleicht eines Tages auch verblassen. Evelyn atmete tief aus. Jetzt war sie frei. Heute war der erste Tag vom Rest ihres Lebens.